BELGRADE

DU MÊME AUTEUR

Aux éditions Théâtrales

ET LES POISSONS PARTIRENT COMBATTRE LES HOMMES,
collection « Traits d'Union », *2008*

ANGÉLICA
LIDDELL

BELGRADE

CHANTE, MA LANGUE, LE MYSTÈRE DU CORPS GLORIEUX

Traduit de l'espagnol par Christilla Vasserot

OUVRAGE PUBLIÉ AVEC LE CONCOURS
DU CENTRE NATIONAL DU LIVRE

éditions THEATRALES
MAISON ANTOINE VITEZ

RÉPERTOIRE CONTEMPORAIN

La collection *Répertoire contemporain* vise à découvrir les écrivains d'aujourd'hui et de demain qui façonnent le terreau littéraire du théâtre contemporain et à les accompagner dans leurs recherches. Pour proposer des textes à lire et à jouer.

SCÈNES ÉTRANGÈRES

Fruit d'une collaboration entre les éditions Théâtrales et la Maison Antoine-Vitez, Centre international de la traduction théâtrale, *Scènes étrangères* est une fenêtre ouverte sur le monde qui présente des textes du répertoire étranger, classiques et contemporains, choisis en raison de leur intérêt tant pour l'histoire du théâtre que pour la scène. Pour la plupart inédits, ils sont offerts à la curiosité du lecteur et du praticien de théâtre, soucieux de formes et d'écritures nouvelles. Conformément à l'esprit de la Maison Antoine-Vitez, les traducteurs se sont donné pour mission d'être fidèles à la lettre de l'original, dans une langue pour la scène de théâtre.

DIRECTION ÉDITORIALE : JEAN-LOUIS BESSON ET JEAN-PIERRE ENGELBACH

ISBN : 978-2-84260-406-6 • ISSN : 1760-2947

La traduction a été réalisée avec le concours de la Maison Antoine-Vitez.

Photos de couverture : *Cathédrale d'Autun* © Danielle Mandrillon (haut), *Un marché à Belgrade* © D. R. (bas).

À Sindo, pour m'avoir écoutée pleurer jour après jour,
et pour m'avoir accompagnée dans cette traversée de douleur.

« Qui sont-ils ?... Pourquoi courent-ils ?...
Est-ce à moi qu'ils en ont ?... Voudraient-ils me tuer ?...
Me tuer, moi que tout le monde aime tant ?...
En songeant à l'affection que lui témoignaient sa mère,
sa famille et ses amis, il lui parut impossible
que les ennemis voulussent le tuer. »

Tolstoï, *La Guerre et la Paix,*
traduction Henri Mongault,

1. Vera sophia

Sagesse véritable, créateur et chemin de tous…

Dans le musée de la Révolution de Belgrade.

Dragan et Baltasar.

DRAGAN.– Belgrade est l'une des plus anciennes villes d'Europe, avec plus de sept mille ans d'histoire, elle a été conquise par quarante armées et trente-huit fois reconstruite après sa ruine.
Qu'est-ce que vous trouvez bizarre ?
Vous voulez voir le bureau sur lequel le maréchal a étudié ?
En 1945, le maréchal Tito a réunifié les sept républiques, garantissant la paix durant trente ans.
Désolé. Je n'ai pas le droit de parler avec les visiteurs.
Désolé. Je n'ai pas le droit de parler avec les visiteurs. Quelqu'un peut arriver avec des fleurs. Quelqu'un peut arriver avec des fleurs d'un instant à l'autre. Ils ont emporté le cadavre mais ils continuent à apporter des fleurs. Désolé. Je n'ai pas le droit de parler avec les visiteurs.
Comment êtes-vous au courant ?
Vous ne faites pas concrètement référence à moi, à ma personne concrète, à ma vie concrète. Vous ne faites pas référence à mes dents ou à mes doigts. Vous parlez en général. En général.
Vous, vous organisiez les Jeux olympiques. Nous, on enterrait nos enfants et vous, vous applaudissiez les athlètes. Comment avez-vous fait pour être au courant, comme ça, en général ?
Tous les jours, à la télévision, tous les jours il y avait des images de notre guerre ? Comme si c'étaient les Jeux olympiques ? Pendant huit ans, il y a eu des images tous les jours comme si c'étaient les Jeux olympiques ?
Et tout était vrai ?
Vous avez des photos de moi ?
Je veux savoir s'il y a des photos de moi.
Parlez moins fort.
Quelle honte.
Vous parlez avec d'autres gens ou juste avec moi ?
Et qu'est-ce qu'ils vous répondent ?
Désolé. Je n'ai pas le droit de parler avec les visiteurs.

Moi, je ne sens rien.
Comment pouvez-vous savoir des choses sur nous, des choses authentiques, comme si c'étaient les Jeux olympiques ? Une guerre, ça n'est pas un record, vous ne pouvez pas savoir des choses sur nous comme si c'étaient les Jeux olympiques.
Ils ne peuvent pas dire la vérité.
Allez-vous-en, il y a des gens qui arrivent avec des fleurs. Désolé. Je n'ai pas le droit de parler avec les visiteurs. Il y a des gens qui arrivent avec des fleurs.
Tu parles d'une chance.
Ils n'arrêtent pas d'apporter des fleurs. De Belgrade à Pozarevac et de Pozarevac à Belgrade. Vous devriez aller à Pozarevac.
Un autre jour, je vous montrerai le reste du musée.
Allez-vous-en, il y a des gens qui arrivent avec des fleurs. Il y a des gens qui arrivent avec des fleurs.
Je ne suis pas comme eux. Moi, à leur place, je n'apporterais pas des fleurs.
Je ne veux surtout pas que vous pensiez que j'apporterais des fleurs.
La directrice du musée s'est opposée, elle a refusé d'exposer le cadavre dans le musée de la Révolution.
La directrice a bataillé contre la police jusqu'au dernier moment.
Je ne suis pas comme eux. Moi, je n'apporterais pas de fleurs.

BALTASAR.– C'est bizarre.
Que cette ville puisse continuer à s'appeler Belgrade, qu'on puisse encore partir en voyage à Belgrade, dire je pars à Belgrade, ou bien je vais prendre un avion pour Belgrade, et même que Belgrade existe, c'est bizarre, de dire Belgrade, le mot Belgrade, et que Belgrade soit une ville, et qu'il y ait des gens qui vivent dans cette ville, des gens de Belgrade, dans la ville des assassins.
Non. Je ne veux pas voir le bureau sur lequel il a étudié. Je ne veux pas perdre ma foi en l'éducation.
Depuis quand vous souffrez ? Je veux dire, depuis quel siècle ?
Nous sommes seuls.
Comment vous avez réussi à survivre ?
Comment vous avez réussi à survivre ?
Dans ce pays, tout le monde est survivant. Vous avez survécu à vos tyrans.

Vous non plus, concrètement, vous ne saviez rien de mon existence jusqu'à aujourd'hui. Ni de mes dents, ni de mes doigts. Concrètement.
On l'a vu à la télé. Tous les jours.
Des milliers de photos ont été publiées.
Vous vous souvenez qu'on vous ait pris en photo ?
Pourquoi ça vous inquiète qu'on vous ait pris en photo ?
Pourquoi vous avez honte ?
Dans ce pays, tout le monde est survivant.
Ils répondent à mes questions avec beaucoup d'agressivité.
Toutes ces mouches, elles ont dû se poser sur sa bouche. Elles doivent avoir des restes de Milosevic sur les pattes. Vous n'avez pas un insecticide ? Comment vous pouvez supporter cette odeur ?
Des centaines de Serbes, une queue de plus d'un kilomètre pour rendre hommage au dictateur.
Ils avaient besoin de parler pour continuer à vivre.
Vous vivez dans un pays libre, maintenant. Tout est fini.
Je vous donne cette chance. Parler de soi, c'est toujours une chance.
Pourquoi ils continuent à apporter des fleurs ? On n'arrive plus à respirer, toutes les fleurs sont en train de pourrir. Regardez-moi ces bestioles en train de cavaler, là, sous les fleurs.
Je comprends. Naturellement, vous êtes favorable, favorable à tout ça, je comprends.
Vous n'allez pas regretter ?
Je suis descendu dans cet hôtel.
Ils approchent avec les fleurs, cachez la carte.
Je vais oublier ce carnet. Demain je repasserai le chercher. Surtout ne le perdez pas, mon père est capable de me découper en rondelles si je rentre sans mon carnet.
Chut, parlez plus bas, ils approchent avec les fleurs.
Ils approchent avec les fleurs. Faites attention, parlez plus bas, la carte de l'hôtel, elle dépasse de votre poche. Parlez plus bas, les fleurs, les fleurs.

2. O gloriosa Domina

Ô Dame glorieuse
élevée au-dessus des astres,
celui qui t'a créée avec sagesse
tu l'as nourri de ton sein sanctifié.

Ce que la triste Ève nous enleva,
tu nous le rends par ta sainte fécondité.
Pour tous ceux qui pleurent
tu es devenue l'ouverture sur le ciel.

Tu es la porte du grand Roi,
la radieuse entrée de la lumière.
Peuples rachetés, célébrez
la vie donnée par la Vierge.

Dans la chambre d'hôtel.

Agnes et Baltasar.

AGNES.– Ça y est, je commence à me couper avec des choses,
ce sont des accidents qui arrivent,
qui arrivent,
l'accident,
une coupure superficielle, par hasard, sur un doigt,
pas innocemment,
ça fait déjà une coupure et une brûlure,
tu les vois ?
Les accidents,
une coupure et une brûlure.
Quand tu penses à autre chose,
tu te coupes le doigt
et tu te brûles la paume de la main.
L'accident me réconcilie avec l'intimité,
j'avais besoin de cet échec,
ce genre d'échec sentimental,
strictement sentimental,
pour me réconcilier avec l'intime,
l'intime,

avec l'intérieur,
après avoir été tellement extérieure,
après la colère sociale,
après le travail social,
le collectif, le collectif,
toi aussi, tu sais ce que c'est, la colère sociale,
l'amour de l'Humanité,
ce maudit complexe de Jésus Christ,
inévitable,
dévorateur,
je suis une reconstructrice,
reconstructrice de pays brisés,
reconstructrice de pays immensément brisés,
tous ces endroits,
depuis que j'ai vingt-cinq ans,
la Somalie, le Salvador, la Palestine, le Guatemala,
désarmer la guérilla,
génocide sur génocide,
quinze ans parmi les assassins,
par amour de l'Humanité,
et puis le Kosovo,
par vingt degrés en dessous de zéro,
sans eau ni électricité,
ils mouraient, ils mouraient de froid, ils mouraient…
Le matin, on construisait des hôpitaux
et, la nuit, ils les brûlaient.
Des briques le matin et du feu la nuit.
Toute cette compassion au feu,
tout l'extérieur au feu,
tout l'amour de l'Humanité au feu,
encore et encore,
mais à présent je suis une petite fille désaimée,
maintenant je suis intérieure.
Tu as remarqué ?
Tu as remarqué quelque chose d'étrange en moi ?
Je suis devenue intérieure,
je ne dors plus la nuit,
ça fait une semaine que je ne dors pas,

si tu savais le silence que je fais la nuit quand je ne dors pas,
je fais silence, je fais silence,
oui, je sais,
tu finis par mourir sous la roue de la voiture,
oui, tu finis par mourir,
mais jusqu'à ce moment-là tu sors tes cheveux par la fenêtre
pour qu'ils te traînent et qu'ils te traînent,
humiliation,
c'est ce que cherche celui qui laisse filer ses cheveux par la fenêtre,
humiliation,
nécessaire,
d'une certaine façon il est nécessaire de sentir
que quelqu'un qu'on aime ne nous aime pas,
quelqu'un de physique,
de sexuel,
pas l'Humanité,
quelqu'un qui te fasse souffrir pour de vrai,
sexuellement,
une souffrance qui se replie dans le moi,
sans tenir compte de l'Humanité.
Se replier dans le moi, tu comprends ?
Le moi se perd,
le langage se perd,
il se perd dans ce genre d'endroits,
Kosovo,
là-bas on ne forgeait pas l'histoire,
là-bas on ne pouvait pas combattre l'injustice,
là-bas on ne pouvait pas aimer l'Humanité,
rien que la misère et la sauvagerie,
misère et sauvagerie,
mais souffrir par amour…
sexuellement,
ça te surprend que je dise ces choses-là ?
Souffrir par amour.
Souffrir par amour est un désir d'intimité,
l'amour nous fait être seuls avec nous-mêmes,
et ça, c'est de la volupté,
et moi, j'avais besoin de volupté

après le Kosovo,
faire monter un genre d'angoisse voluptueuse,
j'avais besoin du sentimental,
de m'enfoncer dans une bouillie strictement sentimentale,
maudit langage,
il ne leur sert à rien, à eux,
il ne leur sert à rien, à ces gens-là, notre stupide langage de guerre,
notre amour pour l'Humanité,
ils meurent, ils meurent.
Je n'en peux plus !
Je veux m'émanciper du langage de guerre,
il est devenu une prison, ce maudit langage de guerre,
une prison pour mes émotions intimes,
pour mes désirs,
et Dieu a condamné l'homme au langage de guerre
pour le punir de ses désirs.
Mes désirs ne sont pas de ce monde.
Mes désirs ne sont pas de ce monde.
J'imagine ton père,
une vie entière consacrée au langage de guerre,
il doit être un exemple, un guide, un phare,
avoir un père comme ça,
si seulement je pouvais parler de mon père
comme toi tu parles du tien,
j'ai connu ton père à Islamabad,
un père vraiment exemplaire,
un Nobel vraiment mérité,
si seulement j'avais eu un père exemplaire.
Mais à présent je suis la petite fille désaimée,
complexée d'être si vieille,
mon corps ne transmet que de la déception,
pas la moindre tristesse,
c'est ce que je cherche, la tristesse,
mais mon corps ne transmet que de la déception.
Je sers juste à distraire avec mon langage de guerre,
condamnée pour mes désirs à distraire avec mon langage de guerre,
à distraire des gens affolés par l'information,
des gens avec des désirs de ce monde,

des tas de gens avec des désirs de ce monde,
solidaires juste en s'informant,
je sers à distraire tous ces porcs oisifs,
des lecteurs de ce monde,
des inutiles bien informés,
avec mon médiocre langage de guerre,
avec ma conscience méningitique,
nous sommes les passoires de la merde,
du chancre civil,
la vie est un massacre en suspens,
les vers viennent chier sur nos têtes,
nous sommes dévorés par les puces d'un massacre en suspens,
les gens te reniflent,
on sent mauvais,
barbouillés par les ordures du monde,
l'immondice morale,
quand tu parles de la guerre
tu finis barbouillé par les immondices de l'Humanité,
vient un moment où tu ne digères plus,
tu ne digères plus,
les pires caillots, tu ne les digères plus,
comme des boules de poil et de sang collées aux parois de l'estomac,
en train de pourrir,
la compassion, la pitié, la conscience,
oui, la compassion, la pitié, la conscience,
un seul corps ne peut pas faire face à tout ça,
le massacre de Srebrenica,
tu sais ce que ça veut dire, être un spécialiste du conflit balkanique ?
Tu ne peux plus éviter d'être un spécialiste du conflit balkanique,
chaque pays des Balkans est une niche,
une gigantesque niche
bourrée d'ossements,
un seul corps ne peut pas faire face à tout ça.
Et les juges qui disent qu'il est déplacé de parler de la douleur des victimes,
mais dès que tu regardes une victime dans les yeux,
tu ne peux plus éviter d'être un spécialiste du conflit balkanique.
Ils vont rouvrir la fosse de Kamenica,

plus de mille personnes enterrées dans la fosse de Kamenica.
Encore l'Humanité,
c'est un vampire, un vampire, l'Humanité,
mais rien ne m'empêchera d'être la petite fille désaimée,
même le fait d'être une spécialiste du conflit balkanique
ne m'empêchera pas d'être la petite fille désaimée.
Je suis bourrée d'ossements,
comme une fosse commune.
Je veux aimer ! Je veux aimer !
Et qu'on ne m'aime pas !
Je veux qu'un génocide me semble peu de chose
comparé à ma douleur.
Qu'on nous tue, qu'on nous tue tous.
Tu as remarqué cette ride ? *(Elle parcourt son front.)*
Dévastatrice, pas vrai ? Absolument dévastatrice,
ce n'est pas une ride,
je me la suis faite avec un couteau à l'âge de dix ans,
je voulais être vieille à dix ans,
je voulais avoir les mêmes rides que ma mère,
les mêmes,
alors je me suis coupé le front avec un couteau,
un couteau de table,
d'une tempe à l'autre tempe.
Et maintenant que j'ai des rides pour de vrai,
comme si toutes on me les avait faites avec un couteau,
on ne distingue plus la cicatrice des rides,
c'est maintenant qu'apparaît la petite fille désaimée.
Et quand apparaît la petite fille désaimée,
l'Humanité cesse d'exister.
Peut-être que si j'avais eu un enfant
elle ne serait jamais apparue, cette petite fille désaimée
totalement horizontale.
Mais je ne pouvais pas mettre un enfant au monde
et lui donner une famille comme la mienne,
des grands-parents comme mes parents.
Si seulement je pouvais parler de mon père comme toi tu parles de ton père.
Un mois que je suis enfermée dans ce maudit hôtel,

en train d'écrire sur les Balkans, les Balkans.
Comment peut-on être spécialiste des Balkans ?
Ce pays n'existe pas,
c'est une invention, une fantaisie balkanique,
mais dans le fond je voudrais écrire sur l'amour,
je voudrais écrire le *Werther,*
j'ai toujours voulu écrire le *Werther,*
depuis toute petite,
depuis que je me suis coupé le front avec le couteau de table,
ici aussi les gens aiment, tu ne crois pas ?
Tu as vu le *Werther* sur la table ?
Tu as dû te demander : Qu'est-ce qu'il fout sur la table, le *Werther* ?
Eh bien voilà, j'aimerais écrire le *Werther,*
sauf que j'écris sur les Balkans
parce que je suis spécialiste de « la situation dans les Balkans »,
parce qu'on n'arrête pas de rouvrir des fosses communes.
Pas moyen que les Balkans ce soit l'amour ?
Je suis assaillie par le littéral.
Tu peux, toi, tu peux continuer à écrire
au-delà de ce qui est exclusivement littéral ?
Je veux dire, si tu écris sur la fosse de Kamenica,
tu peux juste écrire « Les restes d'un millier de victimes du massacre de Srebrenica ont été exhumés de la plus grande fosse commune de Bosnie ».
Tu ne peux pas l'écrire autrement.
Ni fiction, ni poésie, ni philosophie...
Je ne trouve pas d'autre moyen de décrire la douleur que la littéralité,
la seule description,
le simple rapport des faits.
En d'autres mots, la douleur est « Les restes d'un millier de victimes du massacre de Srebrenica ont été exhumés de la plus grande fosse commune de Bosnie ».
La douleur est le simple rapport des faits.
La seule représentation possible de la douleur est le simple rapport des faits.
Le reste, c'est du spectacle.

BALTASAR.– Moi aussi, je suis littéral,
mais je suis littéral comme un athlète.
Parce que je suis un assistant.
Je collecte l'information.
Je n'ai pas besoin de transformer l'information en autre chose,
de la transformer en horreur.
Quand tu es le fils d'un Nobel, tu as forcément ce sentiment.
Le sentiment d'être un assistant.
Les athlètes sont les assistants du champion.
Le champion n'est pas un athlète.
Mais si mon travail ne consistait pas à aider mon père,
à collecter l'information et à prendre des notes pour mon père,
je ne serais arrivé à rien dans la vie,
du moins pas à ce qu'on entend par arriver à quelque chose dans la vie,
je n'y serais pas parvenu par moi-même.
Je n'aurais rien écrit, rien.
Si je me consacrais à la poésie,
j'aurais toujours deux questions à me poser :
J'écris un poème ou je me masturbe ?
J'écris un poème ou je fais le ménage à fond dans la maison ?
Vu que je me contente de collecter l'information pour mon père,
je n'ai aucun problème avec le langage,
je n'ai pas à me poser ces deux questions.
Mon rapport au langage
est celui d'un athlète.
Ma seule contribution spontanée
est un livre d'actions humaines,
j'ai déjà décrit plus de 5000 actions humaines,
des actions que j'observe chez les gens autour de moi,
comme par exemple se renifler les doigts de la main,
ou secouer sa jupe pour disperser les miettes,
je les décris en deux lignes.
Plus qu'une description, c'est un registre.
Je ne cherche pas l'émotion.
Je suis déjà en excès d'émotions.
Mon père décrit les actions humaines en essayant d'engendrer de l'émotion.
Ses mots sont toujours nécessaires.

Vu que mon père a la tâche d'élaborer des mots nécessaires,
je me suis dit qu'il valait mieux me consacrer aux mots non nécessaires.
Je respecte trop mon père pour me consacrer aux mots nécessaires.
Sans mon père,
je ne serais arrivé nulle part par moi-même.
Tout ce que je suis,
ça va te sembler une phrase toute faite,
c'est à mon père que je le dois.
Mon père ressent une authentique douleur face au monde.
Il est un fervent admirateur de Norman Morrison.
Tu te souviens de Norman Morrison ?
Il s'est immolé devant le Pentagone
après avoir appris la tuerie de My Lai
le 16 mars 1968,
Norman Morrison.
Mon père se demande quand,
quand les Américains vont comparaître devant le Tribunal de La Haye
pour crimes contre l'Humanité.
Quant au langage,
mon père a réussi à relier la forme et l'idée,
il a fait de l'imagination une défense du principe de vie,
il est parvenu à la suprématie esthétique,
il a fait du langage une forme de bonté.
Mon père dit que le langage sert à distinguer le bien du mal.
C'est un moraliste.
Un authentique moraliste.
Jamais il n'utilise le langage sous une forme autre que morale.
Parfois il se débat entre le mot et l'action
mais il finit par se convaincre que le mot est action,
que le langage est action,
peut-être en arrive-t-il à cette conclusion pour ne pas se sentir coupable,
pour vaincre le découragement.
On ressent tous du découragement, Agnes.
Tous.
Mon père désapprouverait ton apathie,
ta déception,
il parle continuellement de rendre compatibles l'individuel et le collectif.

Il rejette les conduites apathiques.
Il désapprouverait ta conduite, Agnes.
Dans un certain sens, moi aussi je la désapprouve.
Je me considère comme un militant civil.
L'impuissance obstrue l'action.
La conséquence de l'impuissance ne peut pas être le manque de pitié.
Ne peut pas être la liquidation des sentiments collectifs.

AGNES.– Tu crois que les sentiments collectifs sont des sentiments authentiques,
qu'ils sont les vrais sentiments ?
Moi, j'ai l'impression
que le langage dont je dispose
ne me permet plus de prendre possession de mes vrais sentiments.
Le mot ne peut plus rencontrer mes vrais sentiments,
je peux seulement être littérale,
littérale dans ma relation au monde,
je peux seulement être littérale,
comme une nouvelle,
comme une information,
mon langage ressemble plus à des gros titres qu'à autre chose,
je n'ai pas de langage pour l'imagination,
les nouvelles espèces sont les nouvelles espèces
et le bourreau ne trouve pas d'autre nom
que celui de bourreau,
l'inaptitude aux métaphores m'a rendue moins humaine,
la métaphore est la mesure de l'humain,
elle ne peut pas être la mesure d'un chien, mais de l'humain, ça oui.
Tout ça, c'est à cause des sentiments collectifs,
les sentiments collectifs conduisent inévitablement à la littéralité,
tôt ou tard,
à la littéralité,
il faut être un artiste comme ton père,
il faut être un artiste pour que les sentiments collectifs admettent la poésie,
la beauté,
il faut être un artiste des sentiments collectifs,
comme ton père,
pour que les sentiments collectifs se transforment en beauté,

il faut avoir foi dans le progrès humain,
moi je n'ai pas foi dans ce foutu progrès humain.
Moi, j'ai toujours voulu écrire le *Werther,*
Le *Werther* et point.
Pourquoi, alors, ai-je versé dans les sentiments collectifs ?
Pourquoi n'ai-je pas écrit le *Werther* ?
Je suis arrivée à la conclusion
que mon langage est plus libre quand j'aime,
je suis plus libre quand j'aime,
quand j'aime et qu'on ne m'aime pas,
je suis plus libre,
alors le mot commence à rencontrer mes véritables sentiments,
le mot apparaît,
comme si je m'habillais de neuf et de blanc,
me masturber à n'importe quelle heure,
en pensant à ce garçon de l'hôtel,
en pensant à la distribution miraculeuse de ces ossements serbes,
c'est une bouffée d'air,
une vraie bouffée d'air,
tu as remarqué ses mains ?
Il a les plus belles mains du monde.
Je n'en pouvais plus de la colère,
des sentiments collectifs,
je te jure, je n'en pouvais plus.
À présent la petite fille désaimée débarque pour parler de l'amour,
comme une prophète démente et pauvre,
la petite fille ne peut plus être que l'indigence,
elle ne peut plus être qu'elle-même,
elle débarque pour parler du haut de la montagne de sel.
Et lui, tu ne l'as pas remarqué ?
On ne peut pas ne pas le remarquer.
Tu as remarqué, tu as remarqué ses mains ?
C'est lui qui sert le petit déjeuner au restaurant de l'hôtel,
il a tué quelqu'un, ça se voit,
il te sert le café comme s'il posait un flingue sur la table,
ici tout le monde a tué quelqu'un.
Je sais que je devrais penser aux crimes de guerre,
aux viols,

j'ai passé ma vie à écrire sur les viols,
je sais que je devrais m'indigner,
mais en ce moment, je pense seulement à sa tête miraculeusement blonde,
c'est la part d'égoïsme qui me revient,
je ne veux pas me débattre entre l'égoïsme et le devoir,
je veux juste l'égoïsme,
après quinze ans de devoir,
je veux juste l'égoïsme.
J'ai faim de folie,
faim d'une chose intérieure.
Je me branle des funérailles de Milosevic !
J'ai essayé de comprendre
le modèle d'horreur vers lequel s'achemine l'Humanité !
Mais je ne peux plus continuer.
J'ai besoin de succomber à l'égoïsme,
à un autre genre de transcendance.
La transcendance de l'amour, du véritable amour.
Je veux mordre le visage de ce garçon,
je veux qu'il jouisse dans ma bouche,
je veux qu'il me fasse saigner,
je veux qu'il me fasse saigner,
je veux pleurer par sa faute.
Tu as remarqué ses mains ?
Cette fois, je veux perdre,
perdre,
perdre sans raison,
sans aimer l'Humanité,
simplement aimer ce garçon
qui me sert mon petit déjeuner le matin
comme s'il posait un flingue sur la table,
vouloir baiser avec lui,
je ne pense qu'à baiser avec lui,
à n'importe quelle heure,
j'avais besoin d'écrire encore et encore le verbe baiser avec une écriture de vieille,
énorme et lente.
Après m'être consumée dans la colère sociale,

j'avais besoin de quelque chose de concret,
quelque chose qui ait un corps, des yeux, une bouche,
j'avais besoin qu'une seule chose ait de l'importance.
Ça, ça et rien d'autre.
La petite fille désaimée
avait besoin de parler d'elle,
de ce qui est à l'intérieur d'elle.
Du masochisme, tu peux te dire,
oui, peut-être que j'avais envie d'engager
une relation malsaine et masochiste avec moi-même,
c'est ça que je cherchais, ça,
je crois que je l'ai cherché pour m'autodétruire,
j'ai cherché une tête miraculeusement blonde pour m'autodétruire,
sans intention d'obtenir quoi que ce soit en échange, mis à part la douleur,
une douleur privée,
pas une douleur de reportage de guerre,
mais une douleur strictement privée.
Aucune supériorité morale.
Aucune attitude éthique.
L'éthique.
Le Kosovo par vingt degrés en dessous de zéro et l'éthique.
C'est le Danube,
c'est le Danube qui collabore à cette folie.
Bourré de cadavres, tu te souviens ?
Je l'aime.
Si je le regarde encore, j'ai le cœur qui va lâcher,
si je le regarde encore, j'ai le cœur qui va lâcher.
Je veux me sentir libre pour dire ce genre de choses.
Si je le regarde encore, j'ai le cœur qui va lâcher.
Mon corps ne fait pas d'ombre.
Quand on aime, notre corps ne fait pas d'ombre.
Tu vois ?
Je mets ma main entre la lampe et le sol et elle ne fait pas d'ombre.
Quand on aime, notre corps ne fait pas d'ombre.
On porte l'obscurité en dedans.
Qu'est-ce que tu en penses ?
Être libre pour se débarrasser de tout ce sentimentalisme à la con.

Un langage strictement sentimental.
Chargé de phrases théâtrales.
La petite fille désaimée a enfin trouvé
la main qui va la traîner par les cheveux.
Et rien d'autre.
Il y a une maladie,
j'ai oublié son nom,
des enfants qui se dévorent eux-mêmes,
ils se dévorent eux-mêmes en commençant par leurs ongles,
par leurs doigts.
Pouvoir écrire là-dessus.
Sur cette tête miraculeusement blonde.
Sur ce garçon.
Vouloir mourir.
Mourir pour lui, par amour.
Sans penser à la possibilité d'améliorer le monde.
Sans indignation.
C'est ce qu'elle cherche encore et encore, la petite fille,
la petite fille désaimée.
Enfin, la tristesse.
Le désir.
La folie.
La douleur.
L'autodestruction.
Je suis convaincue
que si je baisais avec ce garçon,
ce garçon sortirait un couteau et me tuerait,
il m'assassinerait de ses propres mains.
Il serrerait comme ça, comme ça, comme ça…
Si je couche avec ce garçon,
il me tuera de ses propres mains.
Il me baisera et me tuera.
Je te l'ai déjà dit : il sert le petit déjeuner
comme s'il posait un flingue sur la table.
Regarder ses mains, ça m'angoisse.
Regarde-le bien, demain.
Regarde bien ses yeux et tu me diras.
Ma faiblesse,

ces yeux,
ces yeux de l'Est.
Tu sais qu'un jour j'ai croisé son regard,
une seconde, je l'ai croisé une seconde,
et là, tu sais quoi ?, j'ai eu un blanc.
J'ai commencé à tout voir en blanc.
À ce moment-là, j'ai su que j'étais prête à souffrir.
Regarde-le bien, demain.
Regarde bien le miracle de sa tête.
Parce que si moi je le regarde encore,
tu es prévenu,
j'ai le cœur qui va lâcher.
Ça t'étonne que j'utilise ce genre de phrases ?
Ça t'étonne beaucoup ?
Du sentimentalisme à la con, pas vrai ?
Le *Werther,* le *Werther* !
Moi, en revanche, je me sens libre en utilisant ce genre de phrases.
Tu crois qu'ils se moqueraient de moi ?
Mes camarades reporters de guerre.
J'ai eu un blanc !
Surtout mes camarades reporters de guerre,
mes camarades dans l'indignation,
dans l'engagement,
ils se moqueraient.
C'est incroyable comme ils sont sûrs d'eux.
Mais dans le fond ils ne savent pas qui ils sont.
Ils n'ont pas encore eu peur de leur imagination.
Ils travaillent pour parvenir au succès.
Moi, je travaille pour m'oublier moi-même.
C'est ce qui nous différencie.
Leurs ambitions dégoûtantes.
Quand je baisais avec tous ces mecs,
avec tous ces professionnels de la colère sociale,
mes collègues de l'amour universel,
quand je baisais avec eux,
sans les aimer,
j'avais besoin de penser à des viols,
pour jouir,

je pensais à des femmes violées,
je pensais à des scènes brutales,
des viols en série, atroces…
J'imaginais des soldats, tu comprends ?
Quand je baisais avec eux,
j'imaginais des soldats,
des dizaines de soldats sur moi,
pour m'exciter il fallait que j'imagine des soldats,
des soldats forts et sadiques,
avec une bosse au pantalon,
des jeunes, presque des enfants, des enfants soldats,
qui arrachent mes vêtements,
qui me fourrent partout leurs doigts et le canon de leurs pistolets,
qui me violent encore et encore,
comme des bêtes superbes,
qui m'arrosent de sperme chaud,
qui m'obligent à avaler leur sexe,
encore et encore.
Qu'est-ce qu'on peut faire contre ça,
contre l'imagination répugnante ?
Savourer cette imagination répugnante.
Dans le monde de la ruse et des ambitions,
l'authenticité se loge dans ce qui répugne.
J'imaginais des soldats.
J'aimais ça.
Tu vois.
À l'intérieur de moi.
Et non, non, ce n'était pas répugnant.
Être violée par une armée d'enfant soldats, ce n'était pas répugnant.
Ce n'était pas répugnant.
Maintenant, maintenant,
tout ce que je veux, c'est prendre mon petit déjeuner dans ce restaurant
chaque matin.
Renifler le bras de ce garçon
écouter le bruit de sa chemise,
observer la violence de ses mains
quand il s'approche pour me servir le café
comme s'il posait un flingue sur la table.

Il doit avoir vingt ans de moins que moi.
Je l'aime, je l'aime.
Je suis prête à écrire le *Werther.*
Je me fiche qu'il ait tué,
je me fiche qu'il ait violé.
Ici, tout le monde a tué quelqu'un
ou a violé quelqu'un
ou a été violé…
C'est mal de le dire ?
Tu penses que c'est immoral, amoral, ou comme tu voudras… ?
Tu le penses, je sais que tu le penses.
Oublie la correction.
Je ne parle pas pour que ma mère puisse comprendre.
Je n'écris pas des articles pour les mères.
Ni des cartes postales pour les mères.
Elles me font chier, les mères,
les bonnes sœurs et les mères.
Je ne suis pas non plus comme ton père.
Mon but n'est pas d'éduquer.
Je manque de grandeur, de dignité.
Toute une vie dédiée à la justice, un Nobel.
Je préfère être insignifiante.
Qu'est-ce que tu en penses, toi ? On choisit ou pas d'être insignifiante ?
Je préfère être de la boue.
Je n'ai vu que des morts tout autour de moi, des morts et encore des morts…
Ce garçon, au moins, il est vivant.
Je prendrai mon petit déjeuner autant de matins qu'il le faudra dans ce maudit hôtel.
Je vivrai dans ce maudit hôtel
jusqu'à ce que ce joli garçon s'en aille,
alors je partirai à ses trousses
durant tout le restant de ma vie,
je traverserai les mers,
les cordillères,
même pieds nus,
aux trousses de quelque chose de vivant,
pas de quelque chose mort.

BALTASAR.– Il y a quelqu'un qui pleure dans la chambre d'à côté. Quelqu'un qui pleure tout le temps. Tu l'entends ?

Ils écoutent.

BALTASAR.– Agnes, Agnes, quand ton corps refera de l'ombre, l'herbe semblera plus noire que jamais. Tu ne laisseras pas l'herbe pousser, avec ton ombre. J'ai peur pour toi, Agnes.

AGNES.– J'ai survécu à trois enlèvements.

BALTASAR.– Mais tu vas mourir par amour, Agnes. Buvons un peu plus et parions tout notre argent, Agnes. Il faut qu'on perde beaucoup d'argent, Agnes. Il faut chercher une bonne maison de jeux dans Belgrade, Agnes.

3. Miserere

**Nous implorons humblement ta miséricorde,
nous te prions de nous accueillir dans ta paix
et de nous prendre sous ton aile.**

Au siège du parti.

L'homme loyal envers Moscou répond à Baltasar.

Vous voulez que j'aie honte.
C'est ce que vous voulez.
C'est ce que veulent tous les gens comme vous.
Je le devine à votre ton,
à votre façon de demander.
Tous les Européens qui posent des questions comme les vôtres
viennent pour qu'on ait honte.
Vous en rencontrez beaucoup, des gens qui ont honte ?
C'est dommage,
c'est vraiment dommage
que des gens comme vous viennent
pour que notre peuple ait honte,
et en ce moment qui plus est,
juste quand on porte le deuil
de notre président légitime,
un président de légende,
de légende,
un héros de la Révolution,
un authentique chef d'État,
un défenseur de la patrie,
un héros de la Révolution.
Vous voulez voir le livre des condoléances ?
Il y a les signatures des meilleurs des Serbes.
C'est vous qui l'avez empoisonné,
nous irons au bout de cette enquête.
Nous irons au bout de cette enquête, croyez-moi.
Avoir laissé mourir un héros de la Révolution,
l'avoir laissé mourir en prison,
comme n'importe quel délinquant.

Quelle honte, quelle honte !
Moi, par contre, je ne vois pas de quoi j'aurais honte,
mon parti vient de m'accorder une nomination.
De quoi voulez-vous que j'aie honte
puisque j'ai l'amour de mon parti ?
On m'a nommé inspecteur des comportements.
Je suis capable de renifler un individu
à dix mètres.
Je suis capable de savoir ce qui se corrompt dans sa tête.
Vous, vous parlez sur un ton, vous savez,
un ton, comme si j'étais un criminel.
Comme si notre héros était un criminel.
Les criminels, c'étaient les autres.
Les autres, vous comprenez ?
Vous avez choisi le camp des criminels,
des Musulmans bosniaques,
des Albanais.
Nous ne leur rendrons jamais le Kosovo.
Qu'ils viennent déterrer leurs morts et qu'ils les emmènent où ils veulent.
Je n'ai aucune raison d'avoir honte,
pas comme tous ces traîtres que vous interviewez.
À cause de tous ces traîtres,
les valeurs se perdent,
les valeurs, oui, les valeurs,
les valeurs du parti, les valeurs.
Nous avons une académie des sciences et des arts.
Nous avons une bibliothèque nationale,
un musée national et un théâtre national.
Nous avons tout ça, à Belgrade.
Et tout ça, grâce au parti,
mon parti,
le parti de notre héros.
Je me considère comme un serviteur de mon parti.
Un homme humble,
vraiment humble,
qui fait les choses humblement.
Vous avez bien observé mes vêtements ?

Malgré ma fonction, je m'habille humblement.
Je vois pas pourquoi j'aurais honte,
je n'ai pas à avoir honte.
Je suis dans un bureau,
je viens de prendre mes fonctions…
Je suis un bon inspecteur des comportements…
Le parti m'a accordé sa confiance.
Une confiance absolue. Confiance !
Sachez
que les nôtres étaient pleins d'enthousiasme,
ce peuple était plein d'enthousiasme,
et vous, vous venez ici pour nous affaiblir,
pour qu'on ait honte,
et en ce moment qui plus est, juste quand on porte le deuil,
qu'on se frappe la poitrine,
qu'on s'arrache les cheveux
pour notre héros, à Belgrade.
Il ne vous aura pas échappé qu'à côté du cercueil
les cadres les plus importants sont là,
les cadres les plus importants du parti.
Ils ont recouvert le cercueil du drapeau serbe
et personne n'en a eu honte.
Au contraire, c'est comme ça qu'on pleure la perte d'un grand homme,
en recouvrant son cercueil du drapeau serbe.
Un jour, ce gouvernement, ces usurpateurs
regretteront de ne pas l'avoir enterré avec les honneurs de l'État.
Notre héros méritait des funérailles nationales.
Malgré tout,
et malgré l'opposition des usurpateurs,
le dernier adieu à notre héros
a eu lieu face au siège du Parlement,
au centre de la capitale,
en plein centre de la capitale.
Cent mille personnes en train de faire leurs adieux à notre héros
en plein centre de Belgrade.
Même la république serbe de Bosnie
a affrété des autobus gratuits jusqu'à Belgrade.
Et vous venez me parler de massacres, à moi ?

Je suis pour une politique conçue en défense de la vie.
Je suis contre l'euthanasie, contre l'avortement, contre toutes ces saloperies,
je suis absolument contre.
Qu'est-ce que vous croyez ?
Nous avons simplement tué l'ennemi. L'ennemi !
Avant que l'ennemi nous tue, nous.
8 000 morts à Srebrenica.
Ça fait 8 000 criminels en moins.
J'en ai marre d'entendre parler de Srebrenica.
Marre, marre, marre !
Sachez
que moi, je n'ai pas honte, pas comme les autres,
moi, je n'ai pas honte de dire ce que je pense.
Nous continuerons à lutter pour une patrie
qui soit seulement pour les Serbes.
Seulement pour les Serbes !
Nous comptons sur l'appui de Moscou.
Vous avez empoisonné notre représentant légitime.
En Hollande ! Voyez-vous ça, en Hollande !
Ce sont les médecins hollandais qui l'ont tué.
Je me sens antieuropéen.
C'est vous qui devriez avoir honte.
Nous exigerons la suspension des procès au Tribunal de La Haye.
Sachez
qu'il y a aussi des criminels croates et bosniaques à La Haye,
mais les Serbes sont les seuls à mourir en prison.
C'est un procès contre le peuple serbe.
Sachez
que la Russie va exiger une enquête indépendante,
j'ai bien dit indépendante,
sur les causes et les circonstances de la mort de notre héros.
Les pathologistes russes
travaillent déjà
auprès des pathologistes serbes
sur les causes et les circonstances de sa mort.
Grâce à Dieu, nous avons les meilleurs pathologistes.
Nous ne sommes pas convaincus par l'autopsie.

Nous exigerons des examens toxicologiques.
Nous verrons bien quand nos pathologistes
auront les résultats
des examens toxicologiques.
Pour conclure,
vous pouvez avoir la certitude que je ne vais pas risquer ma carrière
en vous parlant d'une guerre
qui, au bout du compte, est déjà oubliée.
Vous n'entendez pas le bruit de la discothèque ?
Qu'est-ce que vous voulez ?
Vous voulez qu'on se mette à répondre à des enquêtes ?
Vous voulez démontrer que, même aujourd'hui, tout est similaire,
que même aujourd'hui on peut trouver des choses tellement similaires,
la décomposition de la société civile, comme vous dites.
C'est quoi, ça, la décomposition civile ?
Vous croyez que parce que votre père est un Nobel… ?
Sachez
que je me méfie des artistes qui font de grands discours.
Ils utilisent le discours pour légitimer leur œuvre,
pour justifier leur médiocrité.
Les œuvres des artistes à discours
sont des instruments de domination.
Ils ont l'air pétris de bonnes intentions,
mais dans le fond ils construisent de dangereux instruments de domination.
Moi, la seule chose qui me distrait vraiment, ce sont les histoires, les histoires…
Les arguments !
Mon plus grand plaisir, ce sont les bouteilles d'eau et les arguments.
Sachez que j'ai plus de 600 bouteilles d'eau,
toutes différentes,
on me les rapporte des quatre coins du monde.
J'ai la plus grande collection de bouteilles d'eau.
Je veux que vous écoutiez l'enregistrement du discours de 89,
le discours génial de 89,
vous pouvez acheter le disque si vous voulez,
et peut-être qu'enfin vous comprendrez la situation :

Il branche un magnétophone où l'on entend la voix de Milosevic.

« La discorde entre les politiciens serbes ainsi que leur mentalité servile ont conduit à l'humiliation de la Serbie. Durant des années, des décennies, les Serbes se sont sentis inférieurs. Mais nous voici aujourd'hui réunis au champ des Merles pour annoncer que ce temps est révolu. »

Il éteint le magnétophone.

C'est suffisant !
Vous avez compris ?
Vous avez fini par comprendre ?
Nous ne livrerons pas Mladic !
Nous ne livrerons pas Karadzic !
Nous n'abandonnerons pas le Kosovo !
Le berceau de l'État médiéval serbe !
Ce n'est pas une question d'idées mais de loyauté.
Je suis loyal envers le parti et je suis loyal envers Moscou.
Par-dessus tout, je suis loyal envers le parti et je suis loyal envers Moscou.
Si nous travaillons avec Moscou, nous récupérerons le pouvoir.
Nous expulserons les usurpateurs.
Sachez
qu'ils gouvernent grâce à nos votes,
ils ont besoin des votes de notre parti pour continuer à gouverner,
ils ont besoin des votes des partisans de Milosevic.
Sachez
que je n'ai pas l'intention de défendre tous ceux que vous appelez des victimes,
je ne crois pas aux victimes,
pas plus que je ne crois à l'art contemporain,
je ne crois ni aux victimes ni à l'art contemporain.
Je n'ai pas l'intention de m'exposer à cause de quelques pauvres types
qui me détestent parce que j'ai une meilleure situation,
je n'ai pas l'intention de défendre cette racaille
qui n'hésiterait pas à me trancher la gorge dans une ruelle pour me voler mon portefeuille.
Vous voulez savoir quel est le problème des gens comme vous ?
C'est que vous finissez anéantis par cette racaille que vous défendez,
les pauvres, il n'y a pas plus ingrat.

Maudits Albanais, maudits chacals… !
Tout ce qu'ils éprouvent, c'est du ressentiment.
Allez à Pozarevac, allez-y.
Là-bas, vous verrez ce que c'est que la Serbie.
Là-bas, vous verrez comme il pleure, notre peuple,
sur la tombe de notre héros.
Des tonnes de fleurs.
Des tonnes de fleurs.
Des tonnes de fleurs.
Arrosées par de vraies larmes.

4. Venite

Les gémissements de la mort m'ont environné, les douleurs de l'enfer m'ont assiégé
Les douleurs de l'enfer...
Les douleurs de l'enfer...

Deuxième visite au musée de la Révolution.

Dragan et Baltasar.

BALTASAR.– Hier, un type a tiré sur quelqu'un devant moi.
Il a sorti son flingue, juste parce que le chien de l'autre lui avait aboyé dessus.
Le chien de l'autre lui avait aboyé dessus.
Alors il a sorti un flingue
et il a tué le chien
et il a aussi tiré sur le maître du chien.
En plein jour,
en pleine rue.
Personne n'est allé porter secours au blessé.
Personne n'a crié.
Soudain tout le monde a baissé la tête.
C'était comme si on leur avait arraché la tête, à tous.
Les gens continuaient à vivre normalement.
Même sans tête.
Il a sorti un flingue parce que le chien de l'autre lui avait aboyé dessus.
Et il a tué le chien
et il a tué le maître du chien.
J'ai oublié mon carnet
et vous, vous avez accepté que j'oublie mon carnet
et vous avez accepté que je revienne le chercher.
Parlez-moi d'aboiements.
Parlez-moi de chiens.
En Autriche, on est en train de débattre sur l'avenir des Balkans,
il y a un tribunal pénal international,
l'ONU est toujours présente au Kosovo.
J'ai besoin de croire.
J'ai besoin de croire.

DRAGAN.– Ici, la vie normale n'existe pas.
Il l'avait peut-être fait exprès.
Le maître avait peut-être obligé son chien à aboyer.
Il avait fait exprès de laisser son chien aboyer.
Il y en a qui ont appris à leurs chiens à faire la distinction en aboyant.
Vous n'auriez pas dû vous approcher du mort.
Vous n'auriez pas dû venir me voir après ça.
Vous devriez être rentré dans votre pays.
Ici, la vie normale n'existe pas.
Vous n'auriez pas dû venir me voir après ça.
Elles ne sont pas réelles.
Ici, rien n'est réel.
Les motivations.
Ici, en Serbie.
La solution à nos problèmes personnels, on la trouve dans le passé.
Nous n'avons pas de motivations.
Nous n'avons que du passé.
Nous avons tous un passé à utiliser.
Pour humilier l'autre.
Pour nous faire mal physiquement, ou moralement.
Nous avons appris à avoir des rapports violents.
N'importe quelle excuse est bonne pour continuer à humilier.
Nous voulons nous sentir libres pour continuer à humilier.
Ici, la liberté signifie pouvoir outrager celui qui n'est pas comme toi.
Pendant la guerre, tout le monde avait la liberté d'humilier.
Quand on a ressenti ce genre de liberté,
on n'arrête plus de l'exercer.
Certains portent les cercueils fièrement
et d'autres les portent en cachette…
Mais tous ont joui de cette liberté.
La société civile,
la vraie société civile,
n'existe pas.
Vous, vous n'existez pas.
Tant que vous restez en Serbie
vous n'existez pas.
Ce pays est un immense théâtre.
Le sang est comme un rideau de théâtre.

L'ONU ?
C'est quoi, cette organisation ?
C'est ceux qui ont violé nos femmes ?
C'est ceux qui ont bombardé nos fils ?
Comme si nos propres militaires ne suffisaient pas, il fallait qu'il en vienne d'ailleurs ?
Vous les avez jugés ?
Vous avez jugé vos militaires ?
Je ne devrais pas parler avec vous, vous êtes un ennemi, un ennemi quelconque.

BALTASAR.– Rendez-moi mon carnet,
je vois bien que vous devrez trouver des solutions entre vous.
Je ne suis pas un politicien.
J'aurais pu rester chez moi
et ne pas voir grandir des gosses dans un environnement aussi sordide.
Ça aurait été facile.
Je ne peux pas regarder ces gosses dans les yeux,
droit dans les yeux.
Ils marchent comme des soldats,
derrière leurs pères,
à tout juste un mètre des talons de leurs pères,
en imitant le mouvement de leurs bras,
comme si chaque gosse était une armée,
malheureux, complètement malheureux,
ils n'osent pas rire, sauter, jouer,
ils n'osent pas parler à leur propre père,
ils n'osent pas se comporter comme des enfants,
ils ont peur d'eux-mêmes,
peur de leur propre famille,
de leur propre misère,
de leur propre passé et de leur propre avenir,
tous ces gosses,
ils se font peur les uns les autres…
Ce serait facile de ne rien ressentir,
ce serait facile de ne rien ressentir,
de ne rien ressentir du tout.
Ce serait facile de ne prendre parti pour rien,

ce serait facile de me lever chaque matin sans penser à vous,
sans vous consacrer une seule minute de mes pensées,
ce serait facile pour moi de tourner la tête vers un autre endroit, plus agréable,
de baiser avec toutes les putes de ce putain de pays,
ce bordel de pays,
ce pays de gamines esclaves,
une bonne pipe,
une sale petite pute de l'Est.
Ce serait facile de ne rien ressentir.
Vous vous plaignez si on n'intervient pas,
vous vous plaignez si on se décide à intervenir.
Moi aussi, j'ai des morts, dans cette putain de guerre,
des gens qui auraient pu se trouver ailleurs,
tranquillement,
en train de baiser tranquillement,
sauf qu'ils sont venus ici, ici,
dans ce cloaque,
pour que le reste du monde n'ignore pas
la boucherie nauséabonde dans laquelle vous êtes fourrés,
ils sont venus ici au lieu de rester dans leurs maisons bien confortables,
à baiser bien confortablement,
ils ont pris en photo des gosses affamés,
ils ont pris en photo des vieillards morts sur les routes,
ils ont pris en photo des jeunes gens avec les entrailles à l'air,
et des chiens en train de dévorer leurs entrailles,
ils ont pris en photo des femmes pendues dans les forêts,
vous croyez que mes amis prenaient leur pied en prenant en photo des femmes pendues dans les forêts ?
Certains d'entre eux sont morts,
ils sont morts de façon répugnante,
dans des embuscades infernales,
sous des feux croisés tout aussi infernaux,
et personne n'est coupable de ces crimes,
personne n'a payé pour eux !
Les seules à souffrir, ce sont les putes
que les morts ne peuvent plus baiser
que les morts ne peuvent plus payer.

DRAGAN.– C'est vous qui décidez.
Vous décidez du moment pour venir résoudre nos problèmes,
et du moment pour nous laisser résoudre nos problèmes tout seuls.
Vous décidez du moment pour nous aider,
nous bombarder,
investir de l'argent ou bloquer les fonds,
envoyer l'armée ou pas,
vous décidez du moment pour nous soumettre,
vous décidez du moment pour nous libérer,
pour détruire et pour reconstruire,
pour nous permettre d'entrer dans l'Europe
et pour nous expulser de l'Europe,
et ensuite vous décidez du moment pour nous laisser résoudre nos problèmes
tout seuls.
C'est vous qui avez décidé d'appuyer Milosevic,
vous avez d'abord décidé d'appuyer Milosevic,
et quand vous avez vu que vous vous étiez trompés sur Milosevic,
vous avez décidé de ne plus appuyer Milosevic.
Sauf qu'il était trop tard.
Les premiers à avoir échoué, c'était vous,
en voulant décider à notre place.
Pour vous, c'est facile.
Il y a quelques années, vous n'étiez pas si attentifs.
Vous ne sentiez rien.
Je vous le dis : pour vous c'est facile.
Moi, par contre, je croise ces officiers tous les jours.
Je ne parlerai pas des faits.
Je ne parlerai pas des faits.
Je ne peux pas.
Je ne veux pas.
Nous nous rendons au travail dans le même autobus.
Eux, ils descendent deux arrêts avant le mien.
Je ne parlerai pas des faits.
Nous nous rendons au travail dans le même autobus.
Ils sont toujours mes supérieurs.
Nous faisons semblant qu'il ne se passe rien.
Nous essayons de vivre comme s'il ne se passait rien.

Nous nous rendons au travail dans le même autobus.
Comme s'il ne se passait rien.
Les gens les plus néfastes, les plus cruels
sont justement ceux qui font comme s'il ne se passait rien.
Ils font comme s'il ne se passait rien pour continuer à faire du mal.
Je sais quand ils se souviennent.
S'ils ne se souviennent pas des faits
ils gardent les mains à plat sur leurs genoux.
En revanche, s'ils mettent les mains dans leurs poches
en serrant les poings,
ça signifie qu'ils se souviennent des faits.

BALTASAR.– Je saigne.

DRAGAN.– Vous saignez du nez. Vous saignez du nez. Vous saignez du nez. Vous saignez du nez…

BALTASAR.– J'ai taché le tapis.

DRAGAN.– Ils mettent les mains dans leurs poches, ils mettent les mains dans leurs poches ! *(La vue du sang lui donne la nausée, il s'évanouit.)*

5. Pange Lingua

Chante, ma langue, le mystère du corps glorieux
et du sang précieux que le Roi des nations,
fruit d'un noble sein, versa pour le rachat du monde.

Notes sur les funérailles.

« Quand quelqu'un meurt, il faut mettre de côté les différends politiques », dit le président serbe.

« La mort de Milosevic m'a ému en tant qu'individu »,
dit le ministre de la Justice.

« Milosevic a donné l'ordre d'assassiner des milliers de gens, des membres de mon parti, de l'opposition et de ma famille, sans compter les tentatives d'assassinat contre ma propre personne. Que voulez-vous que je vous dise ? C'est dommage qu'il n'ait pas pu être jugé à Belgrade »,
dit le ministre des Affaires étrangères.

« Ce gouvernement est un ramassis de mercenaires »,
dit la veuve de Milosevic.

« Ceux qui ont des comptes à rendre à la justice serbe se terrent comme des rats à Moscou. C'est pour ça que sa femme n'est pas venue à l'enterrement »,
ils disent.

« On l'a tué, c'est clair. Milosevic a été séquestré puis extradé illégalement. Ses assassins se trouvent à Bruxelles et à La Haye »,
dit un représentant du Centre pour la libération de Milosevic.

« C'est directement la faute du Tribunal de La Haye, parce qu'il savait parfaitement qu'il était malade »,
dit le leader du parti radical serbe.

« Il a pris des médicaments bizarres pour aggraver ses symptômes, j'en suis sûr, et ça a mal fini. Il utilisait ses maladies pour faire capoter le procès. Même avec sa santé, il n'avait aucun scrupule »,
ils disent.

« Il n'était pas responsable des guerres : l'armée yougoslave avait quand même le droit de défendre son territoire. J'espère seulement

qu'on nous rendra vivant notre Seselj, notre Seselj »,
dit une jeune femme de 25 ans, tellement jeune...

« Vojislav Seselj est emprisonné à La Haye pour crimes de guerre. Vous savez combien de votes a engrangés son parti lors des élections législatives de 2003 ? 28 %. Vous savez combien de votes lui prédisent les sondages pour les prochaines élections ? 35 %. S'ils gagnent une nouvelle fois, Seselj sera ministre, un criminel de guerre sera ministre. Et tout ça légalement, il sera élu démocratiquement. Dans notre démocratie, on peut voter pour un criminel de guerre. Il sera élu démocratiquement, librement »,
ils disent.

« Dommage qu'on ne puisse pas le voir écouter le verdict, mais d'une façon ou d'une autre, Dieu l'a déjà puni »,
dit la porte-parole de l'Association des mères de Srebrenica.

« On a trouvé des résidus étranges dans son sang, ça ne m'étonne pas, ça doit être les restes des musulmans qu'il a mangés, c'était un loup »,
ils disent.

« Milosevic était responsable des crimes commis au Kosovo. Malheureusement, son esprit reste vivant en Serbie »,
dit le président du Kosovo.

« Regardez, je lève mes trois doigts et je dis Sloba, lève-toi ! Sloba, notre héros ! »
ils ne disent pas, ils hurlent.

« C'est une honte que les autorités aient permis la célébration de cette farce nécrologique. Mon mari a été assassiné en 2001 sur ordre de Milosevic »,
dit la directrice des Archives Nationales.

« À Sarajevo, personne ne pleure »,
ils disent.

« L'attitude de La Haye a été amorale et inhumaine »,
dit Gorbatchev.

« Je suis plus que content, je suis ravi de sa mort. Cet homme a tué mes deux fils. Ma femme est devenue folle, elle a essayé de se tuer en se jetant du septième étage après avoir perdu ses frères, morts eux aussi à la guerre. L'armée serbe nous a chassés de nos maisons et on n'ose

toujours pas y retourner. Comment vous voulez que je me sente? J'ai 76 ans et je n'ose pas rentrer chez moi, je vis comme des centaines de milliers d'autres, dans un abri de fortune, à la merci des intempéries, parce que j'ai peur, j'ai peur. En Bosnie, ça continue, les Serbes continuent à nous terroriser»,
dit un vieux Bosniaque de 76 ans, dans les faubourgs de Sarajevo.

«À Sarajevo, personne ne pleure»,
ils disent.

«Quand j'ai appris sa mort, je me suis senti heureux. Ils ont brûlé ma maison à Visegrad, avec ma femme à l'intérieur. Milosevic est mort sans avoir assez souffert. Dommage. Il lui restait à peine 50 jours de procès»,
il dit, et il dit encore et encore dommage, dommage, dommage..., c'est un Bosniaque qui le dit à Sarajevo.

«À Sarajevo, personne ne pleure»,
ils disent.

«Jamais je ne dénoncerais Karadzic. C'est mon commandant, comment voulez-vous que je livre mon leader? Sans lui, ce peuple n'existerait pas, les moudjahidin de Sarajevo seraient venus tous nous égorger. Vous avez entendu parler du 11-Septembre?»,
dit un professeur de serbe de l'université de Pale.

«Milosevic est notre héros, notre président. Depuis le début, il voulait la paix. Il sera toujours dans nos cœurs, à Pale»,
ils disent.

«À Sarajevo, personne ne pleure»,
ils disent.

«Mladic et Karadzic n'ont fait que défendre leur peuple, les leurs»,
ils disent.

«Il a donné l'ordre de déporter 800 000 Albanais et d'en assassiner des centaines. Si vous étiez albanais, vous auriez le courage de croiser un Serbe?»,
ils disent.

«Milosevic nous a donné le droit de haïr. Comme Bush, grâce à Bush, nous avons le droit de haïr le voisin musulman»,
ils disent.

« À Sarajevo, personne ne pleure »,
ils disent.

« Il n'y avait pas une seule trace de Tito en lui. Il était anti-Tito. Il était tout le contraire de Tito »,
ils disent.

« Ça faisait vingt ans que Milosevic créait des problèmes et maintenant, une fois mort, il va continuer. Cette mort a démontré que la Serbie était divisée en deux »,
dit un journaliste.

« C'est une histoire de malades, une tragédie mesquine, vulgaire et médiocre, sans mystère, nauséabonde, le père, la mère et un oncle de Milosevic se sont suicidés, le père de Franjo Tudjman a tué sa femme avant de se suicider, la fille du général Mladic s'est suicidée, incapable de porter le poids des crimes de son père, Mladic lui-même, le bourreau de Srebrenica, s'est suicidé il y a quelques jours à peine »,
ils disent.

« Je crois qu'il y a un problème plus grave que la société, et ce sont nos institutions, car nombre d'entre elles abritent ceux qui ont bâti cette politique criminelle »,
dit la fondatrice et directrice de l'Humanitarian Law Center de Belgrade.

« À Sarajevo, personne ne pleure »,
ils disent.

« Merci pour les mensonges et les pillages, pour chaque goutte de sang versé par des centaines de milliers de personnes, pour la peur, pour les générations sacrifiées, pour les rêves que nous n'avons pas réalisés, pour les horreurs et les guerres que sans rien nous demander tu as déclarées en notre nom. Nous nous souviendrons toujours de Vukovar, de Dubrovnik, de Knin, de Krajina, de Sarajevo, de Srebrenica, du Kosovo… Nous nous souviendrons de nos vies ruinées. »
Billet signé par « Des citoyens de Serbie ».

6. Christus natus est

Il est né…
Gloire au Père, au Fils et au Saint-Esprit,
comme Il était au commencement, maintenant et toujours,
pour les siècles des siècles.

Dans un taxi.

Une victime du communisme répond à Baltasar.

Rien que parce que j'ai un vieux taxi,
rien que parce que j'ai des vieux habits,
parce que mes souliers sont un peu sales,
rien que pour ça,
vous avez le culot
de me poser des questions sur la guerre.
Vous profitez du trajet en taxi
pour me poser des questions irrespectueuses,
parce que dans le fond les habits que vous portez
vous donnent l'impression d'être supérieur, plus respectable,
d'avoir le droit de poser des questions à un inférieur.
Je sens la transpiration ?
Et mon taxi, il sent mauvais mon taxi ?
Pas facile de rester propre en dehors des hôtels.
Ce pays est ruiné.
Le même salaire par habitant depuis 1987.
Je vais vous dire ce que je pense.
Vous avez passé sous silence les crimes du communisme
pour justifier vos querelles de salon.
Comme disaient vos intellectuels,
« Nous n'allons pas nous couvrir de terre,
nous n'allons pas donner raison aux Américains,
nous avons bien assez souffert comme ça ».
Vous vous félicitiez à Paris,
dans votre démocratie parisienne,
dans votre mois de mai, dans votre printemps,
pendant que l'Est de l'Europe
crevait de faim et d'obscurité,

tout l'Est de l'Europe était une cave,
une cave putride,
sans la moindre ressemblance avec vos démocraties parisiennes.
Vous lisiez Kafka, n'est-ce pas ?
Vous parliez de Kafka comme du père de la littérature moderne,
un des plus grands écrivains qui aient jamais existé, vous répétiez sans vous arrêter,
un visionnaire,
vous lisiez Kafka,
oui, vous lisiez Kafka,
pendant qu'à Prague les enfants croyaient que Kafka était un oiseau,
parce que dans les années 70 ils ne savaient même pas
qu'il existait un écrivain,
un grand écrivain tchèque lu dans le monde entier,
qui s'appelait Kafka,
comme les oiseaux.
Dans les années 70 !
Vous nous avez abandonnés,
ça ne vous intéressait pas,
depuis Paris,
de parler des crimes du communisme,
de la répression,
Jean-Paul Sartre et compagnie,
et maintenant,
après nous avoir laissés seuls tout ce temps-là,
maintenant vous voulez que je vous raconte
ce qu'un communiste mutant
transformé en nationaliste assassin,
un héros de la Révolution,
l'assassin Slobodan,
a fait de nous,
vous voulez que je vous parle de ces quinze années de vie
que le héros de la Révolution,
le boucher de Pozarevac,
nous a volées à nous tous,
quinze années de vie,
il ne s'est pas contenté de voler de l'argent,
en prime il a volé des vies,

vous voulez que je vous parle de la décomposition de la société civile serbe,
vous voulez que je vous parle des crimes…
Ceux qui ont tout fait pour occulter les crimes du communisme
veulent maintenant connaître les crimes du communisme.
Vous avez visité le musée de la Révolution ?
Ils l'ont exposé là-bas pendant trois jours,
bien fait,
là-bas tout est mort,
pourri,
Tito avait sa façon de tuer,
Sloba en avait une autre,
tout est mort dans ce musée,
comme les fleurs que les Russes ont envoyées,
les Russes continuent à envoyer des fleurs aux assassins,
au bout du compte la terreur est un investissement en peur
pour la stabilité future.
Demandez aux Géorgiens.
Demandez aux Tchétchènes.
Quand est-ce que vous comptez intervenir en Tchétchénie ?
À moins que ça ne vous arrange pas d'intervenir en Tchétchénie ?
Vous ne vous rendez pas compte ?
Vous avez éludé durant des années la souffrance de notre peuple
pour défendre votre lutte révolutionnaire parisienne,
démocratique, bien sûr, démocratique.
Pour vous justifier,
pour vous débarrasser de vos dictateurs,
vous avez éludé notre souffrance,
nos dictatures…
Vous avez évité de parler des crimes.
Écoutez-moi bien :
faire travailler un vieillard comme balayeur
jusqu'à la fin de ses jours,
ça aussi c'est un crime.
Les vieillards balayaient les rues de Moscou,
en plein hiver,
mais pour vous, ça, ce n'était pas un crime.
Hypocrites !

Et maintenant vous voulez que je vous raconte ce qu'il s'est passé,
vous voulez que je vous raconte comment le héros Slobodan
a expulsé les Albanais des écoles et des hôpitaux,
vous voulez que je vous raconte comment le héros Slobodan
a donné l'ordre d'assassiner des familles entières chez elles, en plein repas
et comment, ensuite, les soldats mangeaient et buvaient, assis sur les cadavres des enfants,
vous voulez que je vous raconte comment le héros Slobodan
laissait violer les femmes et les faire avorter à coups de poing,
vous voulez que je vous dise que cette guerre a été la guerre des viols.
Ces grands héros de la Révolution,
tout le monde le sait,
savent s'y prendre pour joindre l'humiliation à la vengeance.
Ils ne se sont pas contentés de tuer.
Ils ont arraché les yeux des morts pour s'en faire des colliers,
parce que les héros de la Révolution,
ce qu'ils cherchent par-dessus tout, c'est la gloire, pour ensuite décorer la gloire
avec les yeux des morts.
Comment avez-vous pu mettre autant de temps à vous en rendre compte depuis Paris ?
Ça faisait belle lurette que les communistes
avaient cessé de lutter contre le fascisme,
les communistes ne luttaient plus contre le fascisme,
ils luttaient contre la vie,
c'étaient des fanatiques de l'anéantissement,
des maniaques de la conviction,
des psychopathes de l'idéal universel
et de la convulsion macabre,
nos communistes ne passaient pas leurs après-midi au café,
ils n'étaient ni intelligents, ni sensibles, ni cultivés,
ils étaient féroces,
spasmodiques,
le communisme n'avait plus rien à voir ni avec la pensée,
ni avec la philosophie, ni avec la poésie.
Nos communistes ne servaient pas à lutter contre l'injustice
parce qu'ils étaient eux-mêmes l'injustice.

Des analphabètes barbares,
intrigants et voraces,
et la seule chose qui leur importait, c'étaient leurs privilèges.
Ça durait depuis un bon moment,
et vous tous,
dans vos salons parisiens,
dans vos magnifiques universités,
vous dissimuliez,
comme s'il ne se passait rien,
forcément, forcément,
vous aviez besoin de l'appui de l'Union soviétique,
au prix de millions de personnes affamées,
au prix de millions de personnes tenues dans l'ignorance,
au prix de millions de personnes dont les droits étaient bafoués,
au prix de la plus complète obscurité,
vous aviez besoin de l'appui de l'Union soviétique.
Dites-moi :
Qu'est-ce que l'homme, pour que tant de policiers,
tant de surveillants, tant de loups
se soient penchés sur nos vies misérables,
notre liberté, notre travail,
nos pauvres outils ?
Il en faut, de l'acharnement et des compétences,
pour calculer la ration précise de nourriture
qui te permet de continuer à travailler sans mourir de faim,
qui te permet de continuer à balayer les rues chaque hiver,
jusqu'à la fin de tes jours.
De ce point de vue-là, les communistes
ont bien fait leur boulot.
Vous qui interviewez les gens,
vous avez dû remarquer
que les gens sont capables de décrire la misère
mais qu'ils n'en rendent pas le tyran responsable.
Ils peuvent avouer
qu'à quatorze ans ils travaillaient déjà dans une usine,
quinze heures d'affilée,
debout,
mais ils n'en rendront pas le tyran responsable.

Il y a une incapacité à rendre le tyran responsable.
C'est un pays de laquais,
ils portent la servitude dans le sang,
quand le salopard qui les a maltraités durant des années finit par mourir,
ils laissent tout tomber pour aller faire la queue derrière son cercueil et lui rendre hommage.
Ils pleurent toutes les larmes de leur corps,
le dos courbé à force de travailler,
parce qu'ils veulent continuer à être dominés par le despote,
ils l'aiment.
Ça ressemble à ce qui se passe entre parents et enfants.
Sloba s'est moqué de vous tous autant que vous êtes,
Espagnols, Américains, Français, Allemands, Anglais,
d'abord à Dayton,
ensuite à Paris,
le mois de décembre à Paris,
signature du traité de paix à Paris,
il doit neiger différemment, à Paris.
Vous avez vu la photo
de la signature du traité de paix à Paris,
en 1995, à Paris ?
Je l'ai toujours dans mon taxi, toujours.
Tenez, observez bien cette photo.
Sloba, le monstre,
avec plus de 250000 morts sur le dos,
en train d'applaudir entre amis, à Paris.
Naturellement,
en se voyant entouré de gens si importants,
en voyant qu'on l'applaudissait à Paris,
lui,
le fils de malades suicidaires,
l'assassin décadent,
le voleur,
le psychopathe médiocre et vulgaire,
né à Pozarevac,
le village le plus triste et le plus pauvre de toute la Serbie,
en voyant, lui, le monstre,

que les plus grands de la Terre étaient capables d'applaudir
le président d'un pays de second rang,
même avec 250 000 morts sur le dos,
voire, peut-être, grâce à ces 250 000 morts,
grâce à sa ressemblance avec Hitler et avec Staline,
dont Sloba devait sûrement être fier,
en voyant qu'on l'applaudissait, on, c'est-à-dire
un président américain dans son dos
chargé de 250 000 morts,
en voyant tout ça à Paris,
lui, le monstre complexé,
ébloui par Paris,
ébloui par les applaudissements d'un président américain,
protagoniste enfin,
le héros absurde de la Révolution,
Sloba,
n'a attendu que trois ans,
écoutez-moi bien, trois ans,
pour assassiner 8 000 autres Bosniaques à Srebrenica,
après avoir signé le traité de paix à Paris,
il les a tués de sang-froid,
sous le nez
des soldats de l'ONU.
Il a signé le traité de paix en 1995
et en 1998 il avait déjà assassiné 8 000 Bosniaques de plus,
et il avait accumulé plus d'argent que ce que le fils d'une enseignante
aurait jamais pu imaginer avoir,
observez la photo,
observez l'imposteur,
j'ai toujours cette photo dans la crasse de mon taxi,
j'ai toujours cette photo
de la signature de l'accord de paix
pour l'ex-Yougoslavie, à Paris,
décembre 1995,
je l'ai toujours avec moi pour ne pas oublier ce que c'est que la politique,
pour ne pas oublier cette supercherie.
Regardez, regardez la photo, votre président aussi, il y est,
lui aussi il applaudit sur la photo.

Moi, je ne suis ni bosniaque, ni albanais, ni croate,
je suis serbe,
je suis un authentique Serbe,
et j'ai été mis en prison et torturé par des Serbes,
et les Serbes qui m'ont emprisonné et torturé
continuent à vivre comme des aristocrates,
dans le meilleur quartier de Belgrade.
Il m'est même arrivé de transporter leurs enfants dans ce taxi,
complètement saouls,
pour les déposer dans leurs demeures d'aristocrates.
Il m'est même arrivé de nettoyer le vomi de leurs enfants.
C'est ça, l'aristocratie communiste,
convertie en aristocratie nationaliste.
Les chefs de bandes meurtrières
sont devenus des chefs d'entreprise millionnaires
et les chefs d'entreprise millionnaires
sont devenus des assassins.
Vous imaginez ce qu'ont été les années 90 à Belgrade ?
Morts : des journalistes qui s'opposaient au régime.
Morts : des chefs d'entreprise concurrents
qui portaient atteinte aux entreprises du grand homme
et aux entreprises de ses complices,
il a même fait assassiner
le pauvre idiot qui l'avait parrainé.
Et même quand il n'avait plus le pouvoir, personne n'osait le dénoncer.
Il continuait à exercer la terreur.
Et celui qui a finalement osé le livrer à La Haye
l'a payé de sa vie,
Djindjic s'est fait descendre par balles,
ici, dans cette ville,
à Belgrade.
Vous savez jusqu'où Sloba remontait pour justifier sa férocité ?
Jusqu'au XIVe siècle !
Il prétendait venger un tsar
assassiné par les Turcs au XIVe siècle.
Et la masse serbe,
haineuse à point,
frustrée à point,

convaincue par le monstre
d'être un peuple persécuté, incompris et maltraité,
elle y a cru.
Tout le monde y a cru, à la suprématie de la race.
Alors ils se sont mis au boulot
parce qu'ils voulaient redevenir les maîtres,
ils voulaient que les Turcs, qui avaient assassiné le tsar
en 1389, en 1389, en 1389,
redeviennent les esclaves.
Alors ils ont échangé la photo de Tito contre celle du monstre.
Et ils lui ont adressé leurs prières.
Et ils ont entrepris de nettoyer la surface de la Terre des êtres inférieurs,
et ils ont juré de se battre et de mourir pour le monstre,
et ils ont sacrifié l'amour de leurs enfants,
qu'ils n'ont pas hésité à envoyer à la guerre,
pour conquérir l'amour de l'État.
Alors les Serbes sont devenus une tribu,
une tribu malade,
et pendant qu'ils s'appauvrissaient à cause de la guerre,
les pauvres idiots,
appauvris mais ethniquement supérieurs,
ça oui,
ethniquement supérieurs,
pendant qu'ils tuaient, pendant qu'ils mouraient,
le monstre, lui, devenait de plus en plus riche, de plus en plus riche.
Allez à cinquante kilomètres de Belgrade,
allez dans les villages,
ne vous laissez pas tromper par l'inauguration de nouveaux magasins à Belgrade,
ne vous laissez pas tromper par les concerts de rock,
allez dans les villages,
vous vous rendrez compte de la misère
dans laquelle vivent les Serbes
depuis la guerre
et le plus incroyable,
c'est que la plupart d'entre eux ne tiennent pas le monstre pour responsable.
Tous ces jeunes gens qui vont au concert,

vous les voyez ?
Ils sont indifférents,
ils ne ressentent que de l'indifférence,
une indifférence paradoxale,
des indifférents paradoxaux,
ils s'en fichent que Milosevic soit mort,
le monstre leur est totalement égal,
sauf que le génocide aussi leur est égal,
ils s'en foutent des Albanais, des Bosniaques,
c'est une indifférence raciste.
Qu'est-ce qu'ils en ont à faire si les Bosniaques
meurent de faim dans les faubourgs de Sarajevo ?
Ils reconnaissent rarement la participation du monstre
dans d'atroces massacres.
Et cette indifférence paradoxale va nous coûter cher.
Qualifier de voleur corrompu
celui qui est avant tout un assassin raciste, un criminel sauvage,
ça va nous coûter cher.
Ils risquent de gagner encore,
ils sont plus de 30 % au Parlement.
Le problème, c'est l'apathie.
Ils ont 30 %
grâce à l'apathie.
Grâce à l'indifférence paradoxale de ces jeunes.
La plupart des jeunes
pensent que l'effort
ne sert à rien.
Bon, ça suffit,
rendez-moi la photo de Paris.
Je n'ai jamais été à Paris.
Jamais, je n'ai jamais été à Paris.
J'ai seulement cette photo.
Le théâtre de Sloba à Paris.
Descendez de mon taxi, s'il vous plaît,
je ne vous laisserai pas utiliser ma souffrance
pour vous gonfler de raison,
de supériorité morale.
Qu'est-ce que vous voulez ?

Faire de ma souffrance un sujet littéraire ?
Vous voulez en faire un objet d'art ?
Quoi, quoi, qu'est-ce que vous voulez ?
Le tourisme de la tragédie,
le loisir de la brutalité,
l'amusement de la barbarie.
Vous savez à côté de quels livres il sera mis en vente, le livre de votre père ?
Plus il y aura de morts, mieux il se vendra, pas vrai ?
Descendez, descendez de mon taxi crasseux, descendez.
Surveillez vos sentiments, et point.

7. Veni Redemptor

Viens, Rédempteur des nations,
montre que tu es né de la Vierge
et que tous les siècles disent étonnés :
Tel est l'enfant qui sied à Dieu.

Toi qui es l'égal du Père,
viens, rends-nous victorieux !
Défends notre faible corps
contre l'assaut de la mort.

Maintenant Ta crèche luit,
la lumière y resplendit.
Que la nuit n'altère pas
l'éclat de Ta vive foi.

Troisième visite au musée de la Révolution.

Dragan et Baltasar.

DRAGAN.– L'autre jour, vous avez parlé de nos enfants.
Vous avez parlé de la tristesse de nos enfants.
Les enfants se méfient de leurs pères.
Et les pères se méfient de leurs enfants.
À cause des viols, ou de la solitude.
Personne ne sait qui est le père de qui,
ni qui est le fils de qui.
Ils ne se sont connus qu'après la guerre.
Quand les pères sont rentrés de la guerre,
on a dit aux enfants que c'étaient leurs pères.
Et qu'ils devaient aimer leur père.
Mais ils n'éprouvent pas d'amour les uns pour les autres.
Les fils comme les pères se comportent comme il faut.
Les fils se comportent comme on leur a dit qu'un fils devait se comporter,
et les pères se comportent comme ils croient qu'un père doit se comporter,
c'est-à-dire avec autorité, avec beaucoup d'autorité.
Leurs liens avec leurs enfants sont les ordres qu'ils leur donnent, et point.

Voilà pourquoi les enfants marchent à un mètre derrière les pères.
Leurs mères leur avaient dit de respecter leur père
quand il rentrerait de la guerre,
de respecter l'homme qui rentrerait à la maison
après avoir tué d'autres hommes,
après avoir tué d'autres pères,
et elles leur avaient bien expliqué, en plus,
que d'autres enfants moins chanceux
n'avaient plus de père.
Leurs mères leur avaient dit de ne pas l'embêter, de ne pas lui causer de problèmes,
car cet homme s'était battu pour eux.
Et voilà que les enfants se retrouvent avec un étranger
qu'ils doivent aimer, respecter, à qui ils doivent obéir.
Les uns donnent les ordres, les autres obéissent.
C'est comme ça que les pères aiment leurs enfants.
Les pères confondent l'amour et la discipline
et les enfants confondent l'amour et l'obéissance.
Finalement, l'enfant se contente de craindre son père.
Apprendre à craindre son père.
Apprendre, c'est fondamental pour un enfant.
Il faut aussi apprendre à avoir peur.
Il y a aussi des enfants qui ont été abandonnés.
Les femmes violées les abandonnent ou les tuent à la naissance.
Il y a des centaines d'orphelins.
Ici, la vie est dure pour les enfants.
De façon générale, la vie est très dure pour les faibles,
pour les petites choses.
Mais nos enfants sont forts,
ils supportent tout
sans verser la moindre larme,
ils sont prêts à tout pour arrêter de souffrir.
Vous, vous avez de bons sentiments à l'égard des enfants, pas vrai ?
Vous êtes marié ?
Vous avez l'intention de vous marier ?
Vous avez une femme en tête ?
Vous voulez avoir des enfants ?
Vous croyez que vous traiteriez vos enfants avec respect ?

Vraiment avec respect ?
Votre père, il aime les enfants ?
Il jouait avec vous, quand vous étiez petit ?
Comment ça, vous ne vous en souvenez pas ?
Mais votre père vous a vu grandir.
Vous n'en êtes pas sûr ?
Vous fêtiez tous vos anniversaires ensemble, j'imagine.
Vous ne vous souvenez pas des anniversaires ?
Mais votre père était là pour vos anniversaires,
en train de boire et de manger.
En train de chanter.
Ici, les enfants se plaignent de ne pas fêter leurs anniversaires avec leur père.
Votre père a été un grand activiste.
Un grand défenseur de l'enfance.
Votre père a dit qu'il faudrait arrêter d'avoir des enfants biologiques.
Que le plus grand acte d'amour était l'adoption.
Que le mieux à faire pour éviter la souffrance humaine
au plan mondial
était d'adopter les milliers, les millions d'enfants
entassés dans les orphelinats de la partie la plus misérable du monde.
Qu'arrêter d'avoir des enfants biologiques
était la plus belle contribution
à l'éradication de la douleur.
Ça fait deux jours que je ne dors pas.
Jovan !

Descend un enfant d'environ dix ans.

Je vous présente Jovan.
Grimpe là-haut, Jovan.

L'enfant grimpe là-haut.

C'est mon neveu.
Emmenez-le.
Emmenez-le avec vous.
Emmenez-le.
Hier, vous m'avez parlé de ce que vous ressentiez pour nos enfants.
Est-ce qu'il y a d'un côté les sentiments et de l'autre l'action ?
Vous l'avez bien regardé ?

C'est un garçon costaud, obéissant, intelligent, bon élève, il ne pleure pas.
Il s'habille tout seul, tous les jours,
et chaque matin il prépare tout seul son petit déjeuner.
Quel gosse de dix ans prépare tout seul son petit déjeuner ?
Il plie ses habits comme un adulte,
il fait aussi sa toilette tout seul,
il se lave lui-même la tête au lavabo,
il se frotte le corps avec une serviette humide,
il sait se coiffer tout seul.
Ce matin, il a raté l'école pour que vous puissiez le voir,
c'était un cours de géographie,
les cours de géographie sont extrêmement importants,
les enfants doivent apprendre que leur pays n'est pas le seul,
ils doivent apprendre qu'ils peuvent aller dans un autre pays,
ils doivent apprendre pour savoir dans quels pays s'enfuir,
mais il a raté un cours de géographie extrêmement important
pour que vous puissiez le voir…

BALTASAR.– Je ne peux pas faire ça.
Je ne peux pas.
Je ne peux pas emmener un enfant.
Au Soudan, on nous interdisait d'apprendre les prénoms des enfants,
on nous interdisait de prendre des initiatives individuelles les concernant.
C'était la norme.
Je ne peux pas m'occuper d'un enfant.
Ce serait un délit.
Mon père vous dira la même chose que moi.
Ce que vous me proposez est illégal.
J'ai vu des milliers de personnes pour lesquelles j'ai ressenti de la compassion.

DRAGAN.– Mais maintenant vous n'êtes plus au Soudan.
Quel genre d'organisation vous interdit en ce moment même,
ici, à cet endroit,
de prendre des décisions individuelles ?
Emmenez mon neveu.
Ça chamboulerait trop votre vie, c'est ça ?
Vous parlez de votre amour pour l'Humanité, mais ce ne sont que des mensonges.
Je vois que pour aimer l'Humanité, il faut pas mal d'imagination.

Vous aimez l'Humanité dans votre imaginaire.
Moi, je manque d'imagination.
Je ne peux pas aimer l'Humanité.
Je peux juste aimer Jovan.
Il a eu la vie dure,
il a dix ans mais vous n'aurez jamais une vie plus dure que la sienne,
même si vous vivez jusqu'à cent ans, vous n'aurez jamais une vie aussi dure que celle de mon Jovan.
Votre père comprendra.
Laissez-moi parler à votre père.
Vous m'avez trompé, vous m'avez trompé…
Vous m'avez parlé de nos enfants comme si vous les aimiez,
comme si vous vouliez tous les emmener dans un monde meilleur,
comme si vous vouliez tous les rendre heureux,
tous les enfants serbes…
Et maintenant vous venez me parler de la loi.
Je pensais que vous vouliez nous aider,
que vous étiez plein de compassion…
Les vieilles buvaient le lait au sein des jeunes femmes
pour ne pas mourir de faim.
Quand les bébés mouraient de froid,
les vieilles s'agrippaient aux seins et buvaient le lait.
Les mères remplaçaient la bouche rosée de leurs enfants
par l'horrible bouche des vieilles.
Vous allez le noter pour transmettre à votre père ?
Vous allez le noter dans ce carnet ?

Il commence à nettoyer le sol avec un chiffon.

Quand ils se souviennent des faits, ils me regardent,
ils me regardent d'une certaine façon,
avec les poings dans les poches…
S'ils se souviennent des faits, ils mettent les poings dans leurs poches,
s'ils ne se souviennent pas, ils laissent les mains posées à plat sur leurs genoux.
Tous les jours, je monte dans l'autobus,
et la première chose que je fais, c'est observer leurs mains,
je me réveille le matin
en me demandant si aujourd'hui ils auront les mains dans les poches
ou posées sur leurs genoux,

comment, comment, comment ils auront les mains,
s'ils se souviendront des faits
ou s'ils ne s'en souviendront pas…
Et quand ils se souviennent des faits,
quand ils ont les poings dans les poches,
ils me regardent d'une façon…
Ils sont mes supérieurs, mes supérieurs…
Je ne vais pas faire long feu…
Vous n'imaginez même pas comment sont les centres où on interne les orphelins.
Emmenez-le.
Je ne veux pas que Jovan me voie mort.
Je ne veux pas que Jovan me voie pendu au bout d'une corde.
Je ne vais plus tenir le coup.

BALTASAR.– Arrêtez de nettoyer le sol.

DRAGAN.– J'ai cru qu'il était sale, j'ai cru que Jovan avait laissé un peu de boue, le pauvre…

BALTASAR.– Il est parfaitement propre.

DRAGAN.– Si un visiteur débarque, avec des fleurs, imaginez un peu, je suis le responsable de la propreté du musée…

BALTASAR.– Tout est propre.

DRAGAN.– *(Soudain il enlace les genoux de Baltasar.)* Pardonnez-moi, pardonnez-moi, je vous en prie, pardonnez-moi !

BALTASAR.– Levez-vous, je n'ai rien à vous pardonner.

DRAGAN.– Ils m'ont obligé à tout !

BALTASAR.– Vous avez vu ce gars ? Celui qui est dans le jardin. Il n'a pas de fleurs.

DRAGAN.– Partez, allez-vous-en, fichez-nous la paix !

8. Liber generationis

Abraham engendra Isaac, Isaac engendra Jacob. Jacob engendra Judas et ses frères, Judas engendra de Thamar Pharès et Zara, Pharès engendra Esrom, Esrom engendra Aram, Aram engendra Aminadab, Aminadab engendra Naasson, Naasson engendra Salmon, Salmon engendra Boaz de Rahab, Boaz engendra Obed de Ruth, Obed engendra Isaï, Isaï engendra le roi David. [...] Éliud engendra Éléazar, Éléazar engendra Matthan, Matthan engendra Jacob, Jacob engendra Joseph, l'époux de Marie, de laquelle est né Jésus, qui est appelé Christ.

Dans un garage.

Zeljko a séquestré Baltasar et il parle de son père.

ZELJKO.– Alors j'ai dit à mon père,
ils savent que je te déteste,
ils veulent me mettre à l'épreuve,
bientôt ils vont me donner l'ordre de te tuer, papa,
ils veulent savoir jusqu'où va ma haine de toi,
ils veulent savoir ce qui est le plus important,
ma haine de mon père ou ma haine de la patrie,
ils veulent me mettre à l'épreuve, papa,
je lui ai dit,
ils veulent savoir dans quel camp je suis,
celui des bons, celui des mauvais,
si je suis pour ou contre quel putain de massacre,
tout à coup il faut décider qui on déteste,
j'ai dit ça à mon père.
Et puis je lui ai dit, aussi,
ils ont étudié toutes les haines personnelles, papa,
les haines des pères à l'égard de leurs fils,
les haines des fils à l'égard de leurs pères,
ils les ont étudiées,
je crois qu'ils vont gagner la guerre
en faisant de chaque massacre une affaire de famille.
La haine de l'étranger, de l'autre, du faible,
c'est aussi une affaire de famille.

C'est surtout une affaire de famille.
Comme ça, on épongera tous nos dettes.
Nos dettes de sang.
Nos dettes consanguines.
Voilà ce que je lui ai dit.
C'est pour ça que je viens chez toi, papa,
pour faire un scandale terrible,
pour me disputer avec toi une bonne fois pour toutes,
pour ne pas avoir à te revoir
et peut-être t'assassiner, papa,
parce que je ne sais pas qui je déteste le plus.
Voilà ce que je lui ai dit.
Je ne sais pas qui je déteste le plus !
Je lui ai dit que je me sentais coupable pour des tas de choses
et que je ne voulais pas me sentir coupable aussi d'avoir fait couler son putain de sang,
son sang, qui ne méritait pas le moindre regret.
Je me sens coupable depuis tout petit, je lui ai dit,
parce que j'ai toujours imaginé que je te tuais,
tous les jours j'ai voulu ta mort.
Je n'ai jamais compris pour quelle raison dégueulasse
ma mère a dû mourir avant,
avant toi, avant toi, avant toi,
toi, qui étais une bête,
une bête féroce, toujours à donner des ordres,
une bête féroce parmi les bêtes féroces.
Ce sale type était toujours en vie,
en pleine santé,
pendant que ma mère perdait la sienne.
Tu étais toujours en vie, pour dévorer tes enfants,
tu suçais nos nerfs comme si c'étaient des spaghettis.
Tu étais toujours foutrement en vie, papa,
comme la guerre.
Mon père, un antimilitariste, était aussi vivant que la guerre.
Tu as beau haïr le héros de la Révolution,
tu es toujours foutrement en vie,
comme lui,
voilà ce que je lui ai dit.

Les bons meurent pour que les ordures,
les fils de pute,
puissent nous faire souffrir,
pour qu'ils puissent commettre leurs saloperies comme bon leur semble.
Je continuerai à vouloir ta mort,
je le lui ai dit tel quel,
je continuerai à vouloir ta mort, papa,
j'espère que quelqu'un a des comptes à régler avec toi,
fouille dans ta conscience médiocre,
et lui, là,
celui qui fait irruption dans ta conscience corrompue, lui, il viendra te tuer,
tu n'imagines pas les remords que j'ai eus à force de vouloir ta mort,
un gosse de quatorze ans avec des remords.
Tu as déjà visité l'enfer ?
L'enfer est un gosse de quatorze ans avec des remords.
Et voilà que la guerre est venue apporter la solution à nos problèmes, professeur.
La guerre apporte toujours la solution aux problèmes personnels, professeur.
Je l'ai appelé comme ça,
je ne l'ai pas appelé papa,
je l'ai appelé professeur,
mon père était professeur,
il était contre le gouvernement de Milosevic,
il s'y opposait, il s'y opposait,
mon père était un professeur aux idées progressistes,
c'est pour ça que je l'ai appelé professeur.
Tu dis que je n'aurais pas dû me laisser embringuer dans cette galère, papa,
dans cette galère ultra-nationaliste,
dans cette galère violente,
dans des bandes violentes,
un homme progressiste doit recommander à son fils,
bien sûr,
de ne pas se laisser embringuer dans des bandes violentes,

mais tu ne crois pas que c'est mon père que je cherchais dans ces bandes violentes ?
Les bandes violentes, c'était ce qui te ressemblait le plus, papa,
je ne connaissais pas d'autres rapports que l'obéissance,
et dans les bandes violentes on te commande,
on te donne des ordres,
toutes sortes d'ordres,
on t'oblige à obéir,
et moi, j'étais habitué à obéir,
à recevoir des ordres,
durant toute ma vie,
tu n'ouvrais pas la bouche, papa,
je lui ai dit tel quel,
tu n'ouvrais la bouche que pour donner des ordres,
pour réprimer, punir ou dicter une nouvelle norme,
et tu appelais ça l'éducation,
surtout pour ce qui était de la nourriture,
tu étais obsédé par le maintien du corps,
par l'éducation corporelle,
par la correction corporelle.
Même au moment de trancher le pain,
il fallait obéir à des règles corporelles
strictes,
extrêmement strictes,
comme dans les bandes violentes,
obéir à des règles,
la main devait être dans telle position,
et il était interdit, ça va de soi,
en coupant le pain avec le couteau,
de faire tomber des miettes sur la table.
Couper le pain devant toi, papa,
c'était un conte d'horreur.
Tu sais qu'aujourd'hui encore je porte la nourriture à ma bouche
en levant les deux mains comme si j'étais enchaîné avec des fers ?, papa,
tu sais que j'ai la nausée chaque fois que je m'assois à table ?
J'ai besoin de manger assis par terre,
l'assiette par terre,

le pain par terre,
et le vin par terre,
et je me fais un putain de plaisir de remplir le verre à ras bord,
pour me venger de toutes ces années où tu m'as obligé à le remplir à moitié,
à moitié,
juste à moitié,
pas une goutte de plus,
pas une goutte de moins,
tu vois,
tu dis que j'ai fini par me laisser embringuer dans des bandes violentes,
dans des bandes proches de Milosevic,
dans des bandes proches du dictateur,
c'était bizarre de t'entendre prononcer
le mot dictateur,
venant de toi, papa,
le mot dictateur,
bien sûr que j'ai fini par me laisser embringuer dans des bandes violentes,
j'ai fini par me laisser embringuer dans des bandes violentes
parce que j'avais besoin qu'on me donne des ordres en permanence,
parce que je ne savais pas vivre sans recevoir des ordres,
parce que j'avais besoin d'obéir, d'obéir.
Tout ça, je l'ai dit à mon père.
Et je lui ai dit, aussi,
tu sais quoi, papa ?
Un père n'est pas un père tant qu'un fils ne lui pose pas des questions sur l'amour.
Papa, je lui ai dit,
pourquoi je devrais t'aimer ?
Qu'est-ce que tu as fait pour que je t'aime ?
Alors la bête féroce parmi les bêtes féroces
m'a répondu que ces questions-là,
c'était à l'État que je devais les poser.
Pourquoi je devrais aimer l'État ?
Qu'est-ce qu'il a fait, l'État, pour que je l'aime ?
Ces questions-là, tu dois les poser à Milosevic.

C'est ça qu'il a dit, cette bête féroce parmi les bêtes féroces,
c'est ça qu'il a dit, mon père,
ces questions-là, c'est à l'État que tu dois les poser,
rien que ça,
il n'a parlé de rien d'autre,
il n'a pas parlé du véritable amour,
il n'a pas dit s'il m'aimait ou pas,
il n'a parlé que de politique,
il n'a pas parlé du véritable amour,
il a parlé de l'amour obligatoire,
mon père a dit
la famille, l'État,
en famille on aime, mais on est aussi obligé d'aimer,
la famille, l'État,
tout ça, c'est de l'amour obligatoire.
C'est ça qu'il a dit, mon père.
Mon père était bourré d'idées progressistes.
Il ne pouvait pas parler de l'amour.
Il lui était interdit de souffrir par amour.
Le travail est au-dessus de tout.
Au-dessus de tout, au-dessus de l'amour.
Le travail est le plus important. Le plus important.
Il parlait seulement de ses idées progressistes.
De son travail.
Pas de l'amour.
C'est à ce moment-là que je lui ai dit ça,
ça,
je le lui ai dit de toutes mes forces,
là, je lui ai dit
je vais tuer tous les Bosniaques que je pourrai, papa,
je vais obéir au héros de la Révolution,
je vais tuer tous les putains de Bosniaques que je pourrai,
rien que pour te contredire.
Rien que pour te contredire, papa, je vais exterminer.
Je vais obéir à Milosevic pour te désobéir.
Mes besoins spirituels ne sont pas civilisés !
Il y a de la consanguinité là-dedans,
pas de la civilisation.

La consanguinité n'est pas la civilisation.
Pense à tous les innocents que je vais tuer
rien que pour te faire mal,
par rébellion,
pour me rebeller contre ton autorité,
pour me dédommager de tous ces repas diaboliques,
pour me venger de toute la peur que tu as propagée
au fil des repas.
Pense à tous les innocents que je vais tuer par ta faute.
Pense aux conséquences de ces repas diaboliques, papa.
Tu crois que quand j'irai tuer d'autres hommes,
ça me servira à quelque chose, l'éducation corporelle,
la position des bras,
la bonne façon de tenir le couteau ?
Voilà ce que je lui ai dit.
Voilà.

Silence.

Tu sais que j'entends toujours pleurer autour de moi ?
Il y a toujours quelqu'un en train de pleurer,
mais je regarde les visages des gens
et personne ne pleure,
personne,
personne n'a l'air de pleurer,
et moi, pourtant, j'entends les gens pleurer,
toi, tu n'entends pas les gens pleurer ?

Silence.

Alors comme ça ton père est un prix Nobel,
un prix Nobel pour de vrai.
J'aurais jamais imaginé ça d'un Nobel.
Tu racontes ce genre de choses sur ton père ?
Mon père, au bout du compte,
c'était juste un professeur avec des idées progressistes,
un homme médiocre, un poltron,
un insecte minable qui compensait sa lâcheté
en abusant de sa propre famille,
mais un Nobel,
un Nobel des pieds à la tête…

Jamais, jamais je l'aurais imaginé.
Je vais te dire un truc à propos de cet imposteur,
à propos de ton père,
je sais de quoi il est fait, ton père,
ton père, c'est une soupe,
une soupe de plus,
une soupe de restes d'animaux morts,
une soupe de tripes mal nettoyées,
ton père est une de ces soupes avec des yeux qui flottent dedans,
des yeux de vache,
une authentique soupe russe,
c'est ça qu'il est, ton père,
une soupe dégueulasse,
une soupe difficile à avaler,
épaisse comme la vase,
et toi, mon pauvre, toi,
tu es le seul obligé à la boire,
tout entière.
Tu la trouves peut-être absurde,
cette croisade que je mène contre les pères.
J'ai juré de ne jamais être père.
Je ne veux pas, je ne veux pas être père.
Je l'ai juré.
Il te plaît, mon pantalon ?
Si je veux qu'il soit beau,
sans faux pli,
il faut le repasser en enfer,
on les connaît, les tissus bon marché,
ils sont difficiles à repasser.
Les tissus de l'Est.
Toi et moi, ce qui nous différencie, c'est le tissu.
Les tissus de l'Est ont besoin d'être repassés
pour enlever tous les faux plis.
Vos tissus, par contre, pas besoin de les repasser.
Tu es bien habillé, même avec ton pantalon froissé.
Vous avez un autre rapport au tissu.
Je pense que pour cacher nos immondices,
nos immondices de l'Est,

on n'a pas d'autre solution que l'immondice de notre arrogance,
on est devenus vaniteux,
quand tu as humilié et qu'on t'a humilié
tu as besoin de te raccrocher à la vanité,
mais à une vanité mesquine,
te raccrocher à ces petites choses,
comme par exemple un pantalon bien repassé,
un faux pli sur un pantalon bon marché, ce serait insupportable,
les mères repassent et elles repassent en enfer,
pour que leurs fils puissent sortir dans la rue
avec un pantalon sans faux pli,
pour qu'ils puissent continuer à vivre
avec la colonne vertébrale bien droite
malgré leur pantalon bon marché.
C'est le complexe d'infériorité
qui t'oblige à faire du mal aux autres.
C'est pour ça qu'on a besoin
de porter des pantalons bien repassés.
N'essaie même pas de me transporter dans un hôpital,
de me porter secours,
ou d'appeler la police,
n'essaie même pas, si tu veux rester en vie,
n'essaie même pas.
Tu me plais,
je ne vais pas séparer ta tête de ton corps,
j'ai des projets pour toi.
Quand je t'ai traîné jusqu'à ce garage,
c'était inimaginable.
Je ne pouvais pas imaginer que j'aurais des projets pour toi.
Si on n'avait pas parlé de nos pères,
tu serais mort.
Tu sais comment ça marche.
Pas la peine de jouer les Européens responsables.
Pauvre, pauvre Européen responsable.
J'ai toujours été surpris
par les désirs des Européens responsables.
Moi, je ne désire rien sur Terre,
j'ai jamais rêvé d'endroits lointains où aller.

Parce que je vis dans un endroit lointain.
L'excrément est tenace,
il ne se décolle pas de notre destin de prisonniers,
où qu'on aille.
Est-il possible que tous ces corps vivants qu'on voit autour de nous
ne contiennent pas plus d'intelligence que les corps morts ?
Des idiots,
des mammifères verticaux,
des vers de terre laborieux,
des taupes,
des accompagnateurs bas de gamme…
Tu sais ce que je pense,
ce que je pense de vous, les Européens responsables ?
Que vous vous consacrez à la douleur humaine,
à la compassion et à des trucs dans le genre,
que vous vous embourbez dans ces putains de conflits internationaux
pour pouvoir identifier le dégoût que vous ressentez à l'égard de vous-mêmes.
Tu me comprends ? Le dégoût, le dégoût…
Vous voulez vous identifier à la foutue catastrophe.
Vous voulez identifier votre pourriture intérieure
à la pourriture de la catastrophe.
Vous voulez identifier votre sadisme réprimé
au sadisme de l'horreur.
À l'intérieur, vous êtes pleins d'horreur,
et pour vous sentir bien, vous devez être au beau milieu de l'horreur.
La seule flaque pestilentielle où vous sachiez barboter,
vous, les Européens responsables,
c'est notre merde.
Notre merde
est votre propre merde,
vous vous léchez les babines en suçant notre merde,
en aspirant ses relents.
Un vrai relent humain, l'Est.
La merde de l'Est.
Ce que vous avez en dedans,
nous, on l'a dehors.
Ils nous refilent une bonne dose de laxatif pour les rats.

Un paquet d'informations clandestines, pas vrai ?
On en a un paquet, d'informations clandestines sur nous-mêmes !
Tellement que ça va nous mortifier bien au-delà de la vie.
Pauvre, pauvre Européen responsable.
Pour dissimuler ta fange,
tu comptes sur la fange de nos guerres.
Vous jugez, vous jugez en permanence.
Vous voulez parler de l'histoire comme si c'était le Jugement dernier.
Le Jugement dernier, des épées reluisantes brandies bien haut !
Vous avez une obsession malsaine pour la justice.
Tout ça pour baiser nos belles femmes,
les plus belles femmes du monde,
pour pouvoir les baiser légalement.
Quand on juge, on croit perfectionner
notre esprit animal, pas vrai ?
On juge les autres pour se perfectionner
soi-même.
Mais la seule chose qu'on perfectionne,
c'est notre propre férocité.
La rancœur, la jalousie, l'ennui…
c'est toujours pareil,
dans la vie civile c'est pareil,
on investit tous nos efforts dans l'offense,
sauf qu'en temps de guerre, tout va plus vite qu'à l'accoutumée,
une authentique hémorragie.
Et tout ça pour contredire un père.
Tout ça parce qu'un père a rendu tes repas insupportables,
jour après jour, jour après jour…
Qu'est-ce que tu en penses ?
Qu'est-ce qu'il en pense, l'Européen responsable,
cet Européen qui veut raconter l'histoire
comme si c'était le Jugement dernier ?
Qu'est-ce qu'il en pense ?
Il va en parler, l'Européen responsable, de ce père
qui obligeait ses enfants à couper le pain
sans faire tomber une seule miette
sur la nappe ?
Combien de Bosniaques, d'après toi, sont morts pour cette cause ?

D'après certains, tant que tu n'as pas eu à te défendre,
tu ne sais pas qui tu es.
D'après d'autres, tant que tu n'as pas eu vraiment peur,
tu ne sais pas qui tu es.
Mais moi, je crois qu'on sait parfaitement qui on est.
Avant et après s'être défendu.
Avant et après avoir eu peur.
Difficile de se mettre à examiner de plus près nos sentiments de loup.
Toi, tu n'en as pas, des sentiments de loup ?
Tu ne te sens pas comme une pièce dans un engrenage
qui coûte des millions de vies ?
Et ton père ?
Un prix Nobel ne se sent pas
comme une pièce dans un engrenage
qui coûte des millions de vies ?
Ça ou l'innocence totale.
Ou bien on se sent comme une pièce dans un engrenage qui coûte des millions de vies,
ou bien on se sent totalement innocent.
Mais on a du mal à se sentir totalement innocent, pas vrai ?
C'est la vengeance des misérables de cette Terre
qu'on ait du mal à se sentir totalement innocent.
Tu es une pièce
dans l'engrenage de la douleur humaine.
Et tout ce que tu cherches, c'est la rédemption.
Comme tout le monde.
Tu cherches la rédemption à nos dépens.
Et nous, qui est-ce qui va nous racheter ?
Notre rédemption, c'est notre équipe nationale de foot, bien sûr.
La sélection serbe.
Aujourd'hui, ils débarquent à l'aéroport, j'ignore d'où ils viennent.
Ils ont perdu.
Depuis que la Yougoslavie n'existe plus,
on a pris l'habitude de perdre.
Tu devrais aller à l'aéroport.
Là-bas, tu le verras, l'esprit serbe authentique.
Tu imagines toute cette force,
tous ces hurlements,

toute cette masse de brutes humaines,
complètement ivres,
en train de crier en chœur le nom de leur équipe,
eux qui s'acharnaient à tuer
il y a seulement dix ans ?
Tu es face aux conséquences.
Je suis les conséquences.
Je suis la barbarie.
Un homme avec un flingue.
Un homme qui séquestre un Européen responsable
et qui veut sa mort
sans trop savoir pourquoi.
Avant d'en finir, je veux que tu saches
que tu n'aurais pas dû transporter ce type à l'hôpital.
Qui est-ce que tu as transporté à l'hôpital ?
Si tu l'avais su, tu te serais posé une question.
Une question très compliquée
pour un Européen responsable,
une question terrifiante
pour un pauvre Européen responsable.
Si tu avais su qui était ce type,
tu te serais posé la question suivante :
Cet homme mérite-t-il de vivre ?
Une question interdite pour un Européen responsable.
J'ai rendu service au chien en lui tirant dessus.
Il aurait fini les tripes à l'air dans un combat de chiens.
Toi et moi, on sait qui va aux combats de chiens.
Il y a des années, j'ai lu *Les Misérables*.
Ton père t'a obligé à lire *Les Misérables* ?
N'oublie pas que mon père était professeur.
Tu te souviens de Javert ?
Un sacré personnage, Javert…
Quand on a été un salopard, comme Javert,
et qu'on tombe sur la bonté
et sur la possibilité de la bonté à l'intérieur de soi,
après avoir été un vrai salopard,
un assassin,
quand ça arrive,

la seule chose qu'un salopard puisse faire,
c'est de se jeter dans le fleuve.
Se détruire.
Disparaître.
Ne pas céder à la tentation de se racheter.
Parce qu'un salopard comme moi ne mérite pas une seconde chance,
il ne mérite pas la rédemption.
Je ne mérite pas de frôler la bonté,
pas même à un centimètre.
Je ne mérite pas de vivre en paix, ni d'être pardonné.
La vie est l'intervalle qui va du rêve à la terreur.
Et c'est tout.
Il va se passer quelque chose d'inconcevable,
d'inconcevable !
Écoute-moi bien, c'est de ta vie qu'il s'agit !
Il va se passer quelque chose d'absolument inconcevable :
je ne vais pas répandre ta cervelle par terre,
non, je ne vais pas te tuer.
Je ne sais pas vraiment pourquoi.
Je t'assure, ça tient du miracle.
Satan qui fait des miracles !
Qu'est-ce qu'elle en penserait, l'Église ?
Avant que tout ça finisse,
je veux te parler de mon frère.
Tu viens du pays où mon frère travaille.
Il est parti là-bas en autocar.
Avec presque pas d'argent pour vivre.
Mon père n'a pas réussi à lui faire lire *Les Misérables.*
J'espère qu'il ne travaille pas pour un salaire d'esclave.
Vous les traitez comme des esclaves, les étrangers
qui vont travailler dur dans votre pays,
pour construire vos maisons, vos routes, vos tunnels ?
Les pauvres sauveront l'économie mondiale.
Je veux que tu ailles rendre visite à mon frère.
Je te laisse son adresse dans la poche de ta veste.
Ne perds jamais une adresse.
Une adresse, c'est aussi utile qu'un flingue.
Appelle-le par son prénom : Borislav.

Invite-le à manger.
Dis-lui : Borislav, je veux t'inviter à manger.
Tu as compris ?
Tu dois lui dire : Borislav, je veux t'inviter à manger.
Tu auras l'opportunité unique
de connaître un homme bon.
C'est une opportunité que tu ne devrais pas laisser filer.
Ce genre d'opportunités, ça se présente une seule fois dans une vie.
Mon frère était un bon civil au beau milieu du fumier de la guerre.
Il a jamais approuvé ma décision.
Il porte sur ses magnifiques épaules d'ouvrier
la honte et la culpabilité d'une meute d'assassins.
Borislav, Borislav, Borislav…
Parle-lui du miracle de son maudit frère, Zeljko.

BALTASAR.– Vous avez passé la main sur le velours du couvre-lit.

ZELJKO.– Hein ?

BALTASAR.– Vous venez de caresser le velours du couvre-lit avec le plat de la main.

ZELJKO.– Je ne suis pas bon. Je ne l'ai jamais été.

9. Verbum Patris

Un ange annonça la paix pour tous,
apparaissant aux bergers telle la clarté du soleil.
Rendez grâce à Dieu.

Dans la chambre d'hôtel.

Agnes et Baltasar.

BALTASAR.– Qu'est-ce que tu crois qu'il m'a dit,
mon père,
qu'est-ce que tu crois qu'il m'a dit, mon père Nobel,
ce maudit champion des mots ?
Il m'a posé une question colossale.
Une question colossale
comme en posent les pères Nobel
quand ils apprennent, quand ils viennent d'apprendre, vois-tu,
que leurs enfants ont été séquestrés,
séquestrés à Belgrade,
la capitale de la Serbie, Belgrade.
Tu veux savoir quelle question colossale il m'a posée, le père Nobel ?
Il m'a demandé, dans son immensité, si j'avais pris des notes.
Si j'avais pris des notes pendant la conversation avec mon ravisseur.
Je n'ai pas eu droit à une question colossale
mais à deux questions immensément colossales.
La première question colossale était :
Tu as pris des notes pendant la conversation ?
Et la deuxième question colossale était :
Est-ce qu'il a lâché une information importante ?
Le père Nobel a demandé, dans son immensité :
Est-ce qu'il a lâché une information importante ?
Tu ne trouves pas, Agnes, tu ne trouves pas ça vulgaire, comme début,
pour un champion des mots ?
Débuter comme ça une question,
une question colossale,
une question colossale de père Nobel ?
Ça lui a échappé, ça lui a échappé…
Comme si la merde s'était échappée de son cul.

J'allais oublier la troisième question colossale.
La troisième question colossale est la suivante,
immense elle aussi, immensément question :
Ce type, tu ne lui as quand même pas dit de qui tu étais le fils ?
Oui, Agnes, oui,
le père Nobel chiant royalement dans son froc,
solennellement lâche,
il m'a demandé entre deux râles :
Tu ne lui as quand même pas dit de qui tu étais le fils ?
Une autre bouteille, Agnes, une autre bouteille.
Un alcoolique doublé d'un joueur maladif, qui l'eût cru ?
Alcoolique et patati.
Joueur et patata.
Docteur en droit international.
Un jour, il m'a dit comme ça, le père Nobel,
un jour où je l'ai trouvé bourré dans sa chambre d'hôtel,
il m'a dit, le caleçon plein de merde, il m'a dit
de but en blanc
je suis un alcoolique et un joueur,
il a dit, lui, le prodige,
le superchampion des putains de mots,
je suis un alcoolique et un joueur pour t'éviter de l'être.
Je vais tout boire et tout jouer.
Et toi, tu feras tout le contraire.
Tel quel, immensément mot pour mot,
il m'a dit comme ça, lui, le prodige,
il m'a donné l'ordre, le père Nobel.
Immensément !
Toute une vie à dormir à côté de mon père
dans des chambres d'hôtel pathétiques
parce que le prodige avait peur, il avait peur de dormir tout seul !
Et toi, tu feras tout le contraire !
m'a ordonné le père Nobel.
Et pourtant, Agnes, j'ai bu et j'ai joué,
bien plus que ce qu'on peut boire et jouer pendant toute une vie.
Je suis devenu titanesque dans ce que je détestais.
Rébellion contre l'autorité.
Et patati et patata.

Je veux découper tes vêtements avec un scalpel,
les hélicoptères survolent ma zone extraterrestre,
et patati et patata,
j'ai des blessures comme les tiennes,
j'ai des blessures comme les tiennes, oh Zeljko,
comment puis-je avoir tant de blessures en commun avec un assassin ?
Un poltron qui partage l'angoisse d'un assassin !
Il a caressé le couvre-lit en velours, Agnes,
il a caressé lentement le couvre-lit en velours,
il y avait tellement de sensibilité dans son geste,
je le lui ai dit,
je lui ai dit : Tu as caressé le couvre-lit en velours, Zeljko,
alors il s'est tiré une balle dans la langue,
il s'est fait sauter la langue,
ensuite il m'a fait signe de partir,
et une fois dehors, j'ai entendu un autre coup de feu.
Mais d'abord sa langue.
Sa langue a volé en éclats
comme une fleur.
Je n'avais jamais insulté le père Nobel !
Je ne savais même pas que je pouvais insulter le père Nobel,
le prodige absolu,
le champion des mots,
et pourtant, avec Zeljko, c'était différent,
une confession monumentale,
entre monumentale et détestable,
mais lestement,
– c'est qu'il m'en a appris, des adverbes puissants, le père Nobel –
lestement élégiaque,
de quoi faire pleurer, ça oui.
Devoir me retrouver face à un criminel
pour avouer la bassesse de mon père.
Un fier échange de confessions.
Un poltron et un assassin en train d'échanger des confessions.
Je lui ai parlé en détail de la bassesse du père Nobel.
Et je me suis senti libre.
Excessivement libre !
Tu dois trouver ça incompatible, Agnes,

la bassesse et le jeu.
À première vue, ça semble incompatible.
Mais le jeu le rend encore plus avare, plus bas.
Il arrive un moment où l'austérité devient maltraitance.
Cette austérité militante, dégoûtante.
Mon père nous a trompés toute notre vie avec ces histoires d'austérité militante.
De la maltraitance à l'état pur.
Mon père est avare, même avec sa propre chair.
Il est obsédé par la mort.
Il a toujours la trouille.
Il chie dans son froc.
Il met des chaises pour bloquer la porte de ses chambres d'hôtel.
Il croit qu'on va venir le tuer d'un moment à l'autre.
Il m'envoie,
moi, courageusement poltron,
il m'envoie collecter l'information.
Quand la situation est délicate,
un pétard dans le cul du poltron.
Des cinq frères, il a choisi le poltron.
Le plus dépourvu.
Je suis dépourvu.
Tous mes frères ont un métier indépendant.
Moi, une dépendance dévastatrice.
Le père Nobel ne reconnaît jamais qu'il est putréfié,
terrorisé,
il pue comme un requin mort mais il ne le reconnaît pas.
Le père Nobel te dit toujours qu'il te donne ta chance.
Cette fois, c'est toi qui vas y aller, il dit,
vu que tu es doué pour les langues…
Il descend majestueusement,
majestueusement de son trône aux lauriers pisseux,
et il te met un doigt dans le cul
en te disant :
Je te donne l'occasion d'y aller,
il dit, mon putain de vieux, salement sordide,
et après, il se suce le doigt qu'il t'a enfoncé dans le cul
pour stimuler sa langue,

pour pouvoir poser des questions comme ça :
Tu ne lui as quand même pas dit de qui tu étais le fils ?
Demander ça à un fils
qui vient de se faire séquestrer à Belgrade.
Si mon père ne veut pas mourir, c'est par avarice.
Ça lui ferait mal qu'on gaspille son argent après sa mort.
Mis à part ce qu'il a claqué au jeu,
ce connard n'a jamais dépensé un seul centime sans que ça lui fasse pompeusement mal.
Pompeusement, extraordinairement, dramatiquement !
Comme ça, à coup d'adverbes,
tous ces putains d'adverbes qui lui plaisent tant.
Comment peut-on donner le prix Nobel à un gars qui utilise tellement d'adverbes ?
On était cinq enfants soumis à toutes sortes de restrictions, Agnes.
L'argent qui lui faisait le plus mal,
c'était celui qu'il dépensait pour entretenir sa famille.
Entretenir !
Quelle honte, Agnes, quelle honte !
Il nous coupait l'eau chaude si on tardait trop sous la douche,
et il nous racontait que le chauffe-eau était tombé en panne.
Chaque fois qu'on passait sous la douche,
et Dieu sait qu'on faisait attention,
il regardait l'heure à sa montre.
Et il nous coupait l'eau chaude en plein milieu.
Même si on n'avait pas fini de se doucher.
Et il nous disait que le chauffe-eau était tombé en panne.
Le mensonge de l'austérité militante.
Ce n'était pas de l'austérité, c'était de l'avarice et point.
Il dit, ce prodige misérable, ce putain de père Nobel,
cet esprit miteux,
il dit que l'austérité est une façon d'être juste,
une façon de réparer l'inégale répartition des richesses.
Pour ceux qui ont moins que nous !
Et l'enfoiré allait tout dépenser fébrilement, fébrilement, à la loterie.
Quelle honte, Agnes, quelle honte !
Tout ça,
tout ce que je te raconte,

je l'ai raconté à Zeljko,
je l'ai raconté à l'assassin.
Et je lui ai aussi raconté
que le prodige
notait, quand j'étais petit,
il notait sur chaque produit la date d'achat,
mon père découpait un petit bout de papier,
il y écrivait la date d'achat
et il le collait sur le produit correspondant
avec un petit bout de scotch,
juste ce qu'il fallait de scotch.
Mon père ne gaspillait pas le scotch.
Quand un produit était fini,
le père Nobel notait aussi la date sur un calendrier.
Comme ça, on savait exactement ce que duraient les produits,
le rapport quantité-prix.
Et si on rachetait tel ou tel produit,
parce que le rapport quantité-prix valait le coup,
mon père inscrivait à nouveau la date d'achat
et pas question qu'il dure moins longtemps.
Si jamais un produit durait moins longtemps que prévu,
il convoquait un conseil de guerre avec ma mère et mes quatre frères,
et on cherchait le responsable.
Si, au contraire, le produit durait plus longtemps,
le père Nobel cyclopéen nous couvrait de félicitations.
Les félicitations, c'est gratuit.
Voilà ce qu'il faisait, le père Nobel, et il continue à le faire,
sordide au point d'annoter les paquets de lessive de ma mère.
Sordide.
Évidemment, pas de femme de ménage à la maison.
Encore une application de l'austérité militante à la justice sociale.
Pour ceux qui ont moins que nous !
Jamais une femme de ménage n'a travaillé chez moi.
Seule ma mère a travaillé.
Que ma mère travaille comme une esclave, ça, ce n'était pas injuste,
ça n'avait rien à voir avec l'injustice sociale.
Ma mère connaît depuis des années
la quantité de lessive qu'elle doit utiliser à chaque lavage.

En quarante-cinq ans, on apprend à calculer
la quantité de lessive à utiliser à chaque lavage.
Cette femme aurait de bonnes raisons
de se fourrer des poignées de lessive dans la bouche.
En quarante-cinq ans, on apprend à calculer
la quantité de lessive à se fourrer dans la bouche
pour se tuer.
Je ne comprends pas, Agnes,
comment j'ai pu mettre autant de temps à lâcher tout ça.
Je ne comprends pas.
Et il a fallu que ce soit devant un assassin…
C'est pour ça que maintenant je te le raconte à toi, Agnes.
Pour ne pas l'avoir raconté seulement à un assassin.
Tu sais que le père Nobel, dans son immensité,
vilipendait les alcooliques et les joueurs ?
Il écumait de rage
quand il injuriait de toutes ses forces
les alcooliques et les joueurs,
lui qui était le saint patron des alcooliques et des joueurs.
Personne n'a perdu à ce point sa dignité,
personne, en pariant, n'a perdu à ce point sa dignité,
il n'y a pas plus indigne que mon père
en train de parier sur des chiens de combat.
Un pur prix Nobel en train de regarder un chien en dépecer un autre.
Peut-être que ça l'excitait, la souffrance des animaux.
Va savoir ce dont ils ont besoin, les purs prix Nobel,
pour trouver un sens à la vie.
Il y en a même qui donnent l'accolade aux dictateurs.
Une putain de vie d'austérité, Agnes,
une putain de vie d'austérité,
pour que ce minable puisse combler ses désirs les plus honteux !
Mais il faut le comprendre,
immensément le comprendre :
s'il nous avait permis, à ma mère,
à mes quatre frères et à moi, de mener une vie normale,
il n'aurait pas pu parier des sommes inavouables
sur de sales combats de chiens.
Il investissait son austérité militante dans des viscères de chiens.

Zeljko m'a aussi parlé de son père.
Et après, il m'a dit,
il m'a dit,
ton père est une soupe,
une soupe de tripes mal lavées, ou mal nettoyées,
je ne me souviens pas,
je ne me souviens pas si c'était mal lavées ou mal nettoyées,
ton père est une soupe pleine d'yeux de vache,
une soupe nauséabonde.
Comment il pouvait le savoir ?
Comment il pouvait définir,
sans être lui-même un prix Nobel,
comment est-ce qu'un assassin pouvait définir,
comment il pouvait définir avec une telle justesse
mon propre père ?
Rien de tel qu'un criminel pour définir un père.
Oh, Agnes, Agnes,
je ne comprends pas comment ma mère a pu supporter,
supporter,
sans se fourrer des poignées de lessive dans la bouche,
elle a supporté six grossesses, une fausse couche et cinq accouchements.
Parle-moi des mères, Agnes,
j'ai besoin que tu me parles des mères.

AGNES.– Pour te parler des mères, Baltasar,
je dois te parler des femmes,
je peux te parler des mères parce que je suis une femme
et qu'elles sont des femmes.
Une femme ne gagne le respect de la société catholique,
– et nous,
on a beau être laïques,
on est une société catholique,
avec une morale catholique,
des préjugés catholiques, de la merde catholique,
et pas besoin de croire en Dieu
pour vivre en catholique,
c'est-à-dire en misogyne,
catholique et misogyne, c'est la vie de ta mère,
peu importe l'idéologie de ton père,

ce n'est pas une question d'idéologie,
les femmes, on les traite toujours
d'un point de vue strictement moral,
catholique et misogyne, tu comprends ? –
une femme, je te disais, ne gagne le respect
qu'une fois qu'elle devient mère.
Ta mère avait besoin de se faire respecter, alors elle est devenue mère.
Cinq fois mère.
Obliger une femme à enfanter cinq fois, c'est de l'humiliation.
Violence, abus et humiliation.
Elle s'est trompée, elle pensait que plus elle aurait d'enfants, plus on la respecterait,
peut-être,
peut-être que cinq enfants te rendent plus respectable que deux.
Le catholique, vois-tu, veut des mammifères.
La femme doit démontrer sa condition,
sa condition de mammifère, pour se faire respecter,
du coup, les femmes font des enfants
pour satisfaire au catholique,
au misogyne.
Les enfants comme récompense,
comme une médaille pour le devoir accompli, le devoir de mammifère.
Les mammifères elles-mêmes se chargent de châtier
celles d'entre nous qui ont décidé de ne pas avoir d'enfants.
Je t'assure.
J'appartiens à une famille de mammifères.
Elles te font bien comprendre que tu n'appartiens pas au monde du respect,
du sacré.
Elles parlent de leurs enfants pour t'empêcher de parler d'autre chose.
Rien de ce que tu dis n'a d'importance
comparé à leurs enfants.
Une femme doit être mère
pour appartenir au monde du sacré.
Je viens d'une famille de ventres féconds et sacrés,
mais dans le fond, elles en ont marre,
marre de tout,
dans le fond elles en ont marre de tout,

même si elles ne le reconnaissent pas,
même si elles se défendent d'en avoir marre
en te balançant leurs enfants en pleine tronche,
ou plutôt en t'astiquant la tronche avec leurs enfants,
« quand tu seras vieille tu vas te retrouver toute seule »,
« c'est ce qui m'est arrivé de mieux dans la vie »,
« tu ne sais pas ce que tu rates »,
ce genre de phrases toutes faites,
voilà comment elles se défendent d'en avoir marre,
et moi, je pense : Tu sais pas ce que tu rates
en suçant pas la bite d'un gosse de dix-huit ans,
en t'envoyant pas en l'air avec un gosse de dix-huit ans.
Tu veux que je te raconte comment ils te baisent en continu, ces gosses ?
C'est les jardins de Versailles au complet qui t'explosent dans la tête
et ça oui, crois-moi, c'est ce qui peut t'arriver de mieux dans la vie.
Voilà comment je me défends de leurs phrases toutes faites.
Et puis je leur dis :
Si j'avais eu des filles, je les aurais abandonnées,
et si j'avais eu des fils, j'aurais baisé avec.
C'est pour ça que j'ai pas eu d'enfants.
Je ne connais que des mères fatiguées,
qui en ont marre de tout,
des usines à ressentiment,
marre de tout,
marre de tout,
elles sont mères parce qu'elles sont mammifères,
soumises de force,
ou parce qu'elles ne savent pas être autre chose,
elles savent juste massacrer leurs désirs,
elles se complaisent dans la soumission,
elles te méprisent quand tu n'es pas soumise,
elles jouent le rôle qui leur revient,
bien catholique,
bien misogyne…
La morale catholique divise les femmes en trois groupes :
les pondeuses, les vierges et les putains.
La femme est soumise à ces trois catégories.

Ta mère a vécu soumise à ces trois catégories,
six grossesses, une fausse couche et cinq accouchements, c'est bien ça ?
Quoi qu'il en soit, elle a vécu confinée dans une banlieue sentimentale,
exclue du monde des idées,
des idées du père Nobel.
La femme est poussée,
tout au long de sa vie,
lentement poussée
vers la banlieue sentimentale,
forcée à couronner la contrainte sentimentale par un accouchement,
le sommet des sentiments féminins,
l'accouchement est le sommet des sentiments féminins.
Mère, sentimentale et stupide.
Voilà ce que veulent les autres.
Le grand autre.
Le grand misogyne.
C'est comme ça que l'homme
assoit son privilège,
sa liberté de mouvement,
qu'il se transforme en bienfaiteur,
la plus grande tyrannie est celle du bienfaiteur.
En s'appropriant le monde des idées,
comme ton père,
en prenant possession de l'intellect,
l'homme assoit son droit à être au-dessus de la femme.
Alors ils peuvent s'employer à la protéger,
à l'engrosser six fois de suite,
et l'obliger à enfanter cinq fois,
pour la protéger,
pour la charger de préserver le monde des sentiments.

BALTASAR.– On est complètement saouls.

AGNES.– Tu vas porter plainte pour enlèvement ?

BALTASAR.– Non.

AGNES.– Pourquoi tu pleures ?

BALTASAR.– On m'a proposé un gamin, il s'appelle Jovan, je ne peux pas oublier sa taille, sa stature, Agnes, Agnes, je veux m'en aller de cette ville.

AGNES.– On veut toujours s'en aller des villes où il y a des orphelins.

BALTASAR.– Je veux m'en aller de cette ville…

AGNES.– Je dois faire un peu de rangement dans la chambre. La tête miraculeusement blonde débarque à midi.

BALTASAR.– Je l'ai vu sortir un peigne de sa poche. Je l'ai vu se coiffer avant de servir le petit déjeuner. Il me plaît.

10. Gloria, laus

C'est écrit : Frappe le berger, et que les brebis se dispersent.

Lamentatio Ieremie

Eh quoi ! elle est assise solitaire, cette ville si peuplée ! Elle est semblable à une veuve ! Grande entre les nations, souveraine parmi les États, elle est réduite à la servitude !

Autres notes prises par Baltasar.

Qu'est-ce que ça peut vous faire si on a torturé ou pas ici même ? En quoi ça peut être intéressant de savoir si on a torturé ou pas dans une bibliothèque ? Pourquoi ça vous étonne tellement que ça continue à être une bibliothèque ? C'est moi qui en ai besoin de ce travail, pas vous.

Ici, l'histoire, c'est les étrangers qui l'écrivent. Pas les dramaturges. Allez vous chercher un étranger. Moi, je me contente de diriger le Théâtre national. Ici, les gens viennent pour passer un bon moment. Pour s'amuser.

C'est un grand pays. Point. Il ne faut pas aller mettre son nez dans les affaires d'un grand pays. Excusez-moi mais il faut que je retourne faire cours.

Ma vie est assez difficile comme ça, je travaille dans une usine de viande sous vide. Mon mari a perdu la tête, il ne peut pas travailler. On l'a obligé à faire de tout. À tuer, à tout. Vous êtes au courant pour les entrailles ? Vous êtes au courant ? Il n'a rien fait de son propre chef. Les Serbes n'ont rien fait de leur propre chef. Je ne vais pas vous raconter des choses qui risquent de me compliquer la vie.

Qu'est-ce que ça apporte, de ressasser le passé ? Qu'est-ce que ça va me rapporter ? Et à vous ? C'est vous qui tirez profit de notre douleur. Qu'est-ce que ça va lui rapporter, à votre père, si je réponds à vos questions ? Vous savez comment je gagne ma vie ? Je revends les ordures abandonnées par ces idiots de touristes dans les hôtels. Tous les soirs, ma fille rentre avec un chargement d'ordures après avoir fait le ménage dans deux hôtels.

C'est un des nôtres qui vous l'a dit, un compatriote serbe ? Si c'est un des nôtres qui vous l'a dit, il faudrait le tuer. Je me chargerai moi-même de lui tirer dessus, n'ayez aucun doute, je fermerai le bar et je lui tirerai dessus. Ne me dites surtout pas qui vous l'a dit parce que je vais le tuer, tranquillement, j'ai tiré plus de balles que j'ai servi de bières. Vous voulez autre chose pour dîner ? Je vous ressers une chope ? Je dis ça parce que je voudrais voir le match.

Exécutions massives, camps d'extermination, fosses communes, nettoyage ethnique… ? Je ne vois pas de quoi vous voulez parler. Je n'ai jamais vu de morts, pas un seul Bosniaque, pas un seul Albanais, mort pour de vrai, je veux dire, sous mes yeux. J'ai toujours été derrière ce comptoir, jour après jour, en train de vendre du poisson, tranquillement, à des gens tranquilles, avec la photo de Sloba derrière. Il ne faut pas croire tout ce qu'on raconte à la télé.

Bien sûr que j'ai une arme. Rendre les armes ? Dans chaque maison il y a deux pistolets. Tout le monde a gardé des armes et des munitions, au cas où. Vous nous prenez pour des imbéciles ? Il faut bien continuer à se défendre des musulmans, comme le reste de l'Europe. Qu'est-ce qu'ils font, les États-Unis ? Et Israël, qu'est-ce qu'il fait ? La même chose que nous. Et qui les accuse, eux, de crimes contre l'Humanité ? Allez, finissez la bouteille.

C'est difficile à comprendre, mais les criminels, ceux qui sont montrés du doigt par la communauté internationale, ceux dont les leaders sont en prison, ils continuent à se prendre pour des vainqueurs, les criminels serbes, ils sont toujours au-dessus, ils sont toujours les maîtres de ce pays, ce sont les seuls qui n'ont honte de rien. Qu'est-ce qu'on peut attendre d'un pays qui ne livre pas ses criminels ? Ne notez pas mon nom, s'il vous plaît.

On réprime l'histoire. On est atrophié par l'apathie. Il n'y a rien d'autre que du cynisme. Des alcooliques, apathiques et cyniques. Le Tribunal de La Haye n'a rien à voir avec nous, avec notre quotidien. Vous croyez que je pourrai trouver du travail en Allemagne ? Je suis en train d'apprendre l'allemand. Tous les jours, j'étudie un peu l'allemand.

Qu'est-ce que vous dites ? Que vous voulez aller au Kosovo ? En train ? Il n'y a pas de transports en commun pour se rendre au Kosovo, ni trains ni autobus. De Belgrade, on ne peut pas aller au Kosovo. Personne n'a envie d'aller là-bas. Et vous ? Pourquoi vous voulez aller au Kosovo ? C'est bourré d'assassins. Si j'ai un conseil à vous donner, arrêtez de raconter que vous voulez aller au Kosovo.

On peut pas faire confiance aux Noirs, moi je les appelle les Noirs, les Bosniaques, les Albanais, ceux de Sarajevo... Il faut les avoir à l'œil, vous savez ? Il vaut mieux punir de façon arbitraire, ça les met au pas. Punir, punir arbitrairement ces voleurs, ces criminels... Quand je pense que par-dessus le marché il faut les entretenir. Ces salopes, tout ce qu'elles savent faire c'est des gosses. Des gosses et des maladies, c'est tout ce qu'elles ont, des gosses et des maladies dans le ventre. Je suis fier d'être policier. Je suis fier de veiller à la sécurité des Serbes. Allez, restez pas comme ça, buvez, buvez un peu.

On doit pas avoir un si mauvais fond, si tous ces gens importants ont voulu qu'un tournoi européen de basket ait lieu ici.

Des criminels, des criminels... Qu'est-ce que vous voulez, le code pénal ? Je ne suis pas un criminel. J'étais condamné à surveiller. Qu'est-ce que vous croyez ? J'étais condamné à surveiller. Vous croyez que si j'étais un criminel je gagnerais ma vie en raccommodant des souliers ? Si j'étais un criminel, je vivrais parmi les riches, je vivrais dans le quartier des riches.

Dans ma famille, il y a eu trois suicides. On a tous un souvenir familial sordide. Tout le monde a une affaire sordide à cacher. Des viols, des assassinats... Tout le monde se suicide, les criminels et les victimes, tout le monde se suicide. J'ignore ce qu'on est, nous, les Serbes, des criminels ou des victimes, je l'ignore.

Qu'est-ce que vous voulez qu'on dise ? On est libres, on vit en paix et on est libres. On est saouls du matin au soir.

Mon père n'était pas un criminel et pourtant il est désigné comme criminel, et moi, on me traite comme le fils d'un criminel.

Nous, pareils que les nazis ? Mais enfin, on s'est battus contre les nazis. Tout ce que je sais, moi, c'est que la sélection yougoslave a été anéantie. Une des plus grandes équipes de tous les temps. C'est la seule chose qui m'intéresse. Le basket. Je m'en fiche des nazis.

Le plafond de l'école s'est effondré. Il n'y a pas d'argent pour réparer les toits, du coup les plafonds s'effondrent, ils s'effondrent. Et quand ils s'effondrent, il n'y a pas de grue pour soulever les décombres. On a sorti quinze gamins, tous morts. Maintenant les gens vont pleurer pendant une semaine. Pleurer. Ils aiment ça, les Serbes, pleurer. Ils ont la nostalgie des larmes, ils veulent pleurer, pleurer à toute heure. Ils veulent toujours être des victimes, même quand ce sont eux qui tuent, ils se sentent victimes.

Les pays européens ont attaqué le Kosovo et ils ont tué 10000 civils. Les chiffres de l'OTAN tournent autour de 500 civils morts. Le gouvernement yougoslave dit qu'il y a eu entre 1200 et 5000 civils morts sous les bombardements de l'OTAN. Mais moi, j'affirme que vous en avez tué 10000, 10000 ! 10000 civils en 78 jours, des civils morts partout.

Maintenant, on veut tous démontrer que notre pays est mieux que les autres.

J'ai fait partie de ceux qui ont pris d'assaut le siège de la télévision le 5 octobre. Je crois que c'était l'effet an 2000. On ne pouvait pas être en l'an 2000 avec un assassin au Parlement.

Ils n'ont pas livré Milosevic parce qu'ils étaient contre lui. Ils l'ont livré pour contrôler eux-mêmes les mafias, pour en faire profiter leurs entreprises. Ils ont éjecté des voleurs pour pouvoir voler à leur tour.

Sa femme lui disait : « Tu seras plus que Tito, tu seras plus que Tito. » Si vous allez à Pozarevac, vous verrez le nom de sa femme sur la pierre tombale. C'est la tradition, quand le mari meurt, de graver sur la même pierre tombale le nom de son épouse, mais sans date. Je te parie qu'elle a un amant à Moscou, la salope.

Examiner l'avenir des Balkans. C'est tout ce que vous savez faire, vous autres ? Fichez-nous la paix.

Quand est-ce que vous comptez intervenir en Tchétchénie ? Il s'y passe la même chose qu'au Kosovo, la même chose qu'au Kosovo.

Les mythes se substituent aux faits, et les faits se substituent à la raison.

Tout était à Milosevic, sa famille, son armée, sa police, son pays, son argent, ses entreprises. Tous les Serbes sont devenus fous, ils ont été capables de choses dont ils ne veulent pas ou ne peuvent pas se souvenir parce qu'ils en ont honte. Je suis né ici mais ce pays me dégoûte, je ressens un profond dégoût. Je ne peux pas continuer à vivre parmi ces gens. Je n'aime pas. Je n'aime pas la Serbie.

11. Vexilla Regis

Le fer d'une lance cruelle
le perce et voilà qu'à longs traits
l'eau, le sang en source nouvelle
jaillit pour laver nos péchés.
Ô Croix, salut, seule espérance,
en ce temps de la Passion,
donne aux bons grâce en abondance,
donne aux mauvais rémission.

À la maison.

Baltasar parle avec sa mère. Elle n'arrête pas de pleurer.

BALTASAR.– Je ne veux pas traîner ma carcasse ailleurs, maman.
Je ne vais pas ressortir de cette maison.
Je suis rentré de Belgrade pour m'enfermer dans cette maison.
Toi, tout ce à quoi tu penses, c'est à l'anniversaire de mon père,
et moi, je n'y pense pas du tout, à l'anniversaire de mon père.
Toi, tu ne penses qu'à ce que vont penser les amis importants de mon père,
et moi, je ne pense qu'à Agnes.
L'anniversaire de mon père
n'est pas plus important qu'Agnes.
Agnes est ce qu'il y a de plus important.
Je vais te le raconter encore une fois.
Au cas où tu n'aurais pas encore compris.
Elle savait qu'on allait la tuer,
elle me l'avait dit.
Agnes m'a dit : Si je couche avec ce garçon, il me tuera.
Et il l'a tuée, comme elle avait dit,
de ses propres mains.
Il l'a étranglée.
Je te le raconte encore une fois
pour que tu arrêtes de me supplier
d'aller à l'anniversaire de mon père,
fêter l'anniversaire de mon père,
avec les amis importants de mon père.

Tu n'as pas à t'inquiéter,
la culture ne va pas en pâtir,
même si mon père devenait un criminel,
son apport à la culture resterait immense,
la culture est assurée de l'apport de mon père,
de son inestimable apport esthétique, philosophique,
ses adjectifs, ses adverbes, ses phrases…
La culture universelle ne pâtira pas
de ce que pensent de moi les amis importants de mon père.
Si aucun de mes frères n'assiste à l'anniversaire de mon père,
pourquoi est-ce que j'aurais, moi, l'obligation d'y assister ?
Non, maman, non.
Je ne ressortirai pas de cette maison.
Ça fait quarante ans que tu es mariée à cet homme
sans jamais avoir osé le quitter
et tu me demandes de sortir de cette chambre ?
Ce qui m'étonne, c'est que tu n'envoies pas tout le monde se faire foutre
le jour de l'anniversaire de mon père.
Ce qui m'étonne, c'est que tu ne te fourres pas des poignées de lessive dans la bouche
le jour de l'anniversaire de mon père.
Tu dois te tuer une bonne fois pour toutes
et laisser une lettre qui le désigne comme coupable.
Tue-toi, ma mère.
La culture universelle ne va pas en pâtir,
la vie personnelle est une chose et l'œuvre en est une autre,
la vie de l'auteur est une chose et l'œuvre de l'auteur en est une autre,
d'ailleurs cette idée commence à me lasser.
Non.
Je ne ressortirai pas de cette maison.
Je ne peux pas être Humanité et homme en même temps.
Je ne peux pas être.
J'en suis venu à penser que tout est inutile, maman.
On en vient tous là tôt ou tard.
Je n'ai pas d'autre issue que de stopper net.
N'aller nulle part traîner ma carcasse.
Je suis le pauvre Européen responsable

confronté à l'échec, maman, à l'échec total.
J'ai détruit toutes les notes.
J'ai détruit tous les carnets de Belgrade.
Dis à mon père que c'est la vérité,
que je n'ai rien à lui proposer.
Le dimanche on se prépare au combat…
Le dimanche on se prépare au combat…
J'ai besoin d'un long, d'un très long dimanche.
Il n'y a qu'un seul homme sur Terre
qui puisse me faire sortir de cette maison.
Un seul homme.
Et un jour, j'en suis sûr, cet homme me fera sortir.

12. Christus factus est

Seigneur, accueille-nous dans ta miséricorde,
Seigneur, aie pitié,
Seigneur, accueille-nous dans ta miséricorde,
Seigneur, aie pitié,
Il s'est rendu obéissant pour nous jusqu'à la mort,
la mort de la croix.

Baltasar se rappelle ce que lui a dit un médecin déçu, à Belgrade.

Voici ce que dit le médecin déçu :

Tant que dure la guerre
tu veux tous les sauver,
tous les soigner.
Mais la guerre s'achève, tu les vois comme ils sont.
Mauvais, mesquins, pervers.
Tu n'as plus envie de les remettre sur pied.
Tu ne peux pas continuer à être médecin.
Tu ne peux pas continuer à être médecin
si tu ne veux pas remettre les gens sur pied.
J'ai été forcé de vivre de grands événements,
de grands événements comme l'indépendance d'un pays,
et j'ai vu ce que ces grands événements ont engendré :
la souffrance, la douleur, la misère.
Plus d'une fois j'ai dû remettre des intestins à l'intérieur d'un corps,
vous n'imaginez pas ce que c'est que de remettre des intestins à l'intérieur d'un corps.
Parfois, il y avait même des fœtus emmêlés dans les intestins.
Et quand ce grand événement prend fin,
et que tu as passé des semaines entières à pleurer,
sans dormir, impuissant, stérile,
à cause de ce grand événement,
tu commences à décliner, à décliner, à décliner,
et tu descends jusqu'à l'événement le plus petit,
le plus insignifiant,
la vie humaine,
chaque vie humaine,

la vôtre, la mienne,
l'existence misérable de chaque personne,
et au fur et à mesure que tu descends,
tu commences à te rendre compte
que ce n'est pas toi qui es dégoûté par la vie,
après la guerre,
c'est la vie qui est dégoûtée par toi,
c'est la vie qui est dégoûtée
par la charge humaine qu'elle doit supporter,
par tous et par chacun d'entre nous.
Des généraux, des capitaines, des gouvernements,
des États, des organisations internationales,
et au final, tout ce qu'il reste, c'est ton voisin
qui te rend la vie insupportable,
vraiment insupportable.
L'homme a besoin de pratiquer l'humiliation à toute heure,
comme un sport,
pour être plus fort,
c'est vrai qu'il en faut de la force,
beaucoup de force,
pour continuer à attendre que la vie prenne fin.
L'attente est bien trop dure
pour qu'on la supporte sans pratiquer une forme ou une autre de bassesse.
En insultant, les hommes deviennent plus forts.
Ce n'est pas que les vacheries prolongent leur existence
mais elles les aident à vivre avec une certaine fierté.
Ils utilisent la bassesse pour se protéger.
À chaque mauvaise action,
une nouvelle couche de tartre
vient s'ajouter au tartre de leurs canines corrompues.
Seule la merde les garde de la possibilité de faire le bien,
les garde de sombrer dans la faiblesse,
les garde de devenir des êtres sensibles et timorés.
L'immondice les délivre de la générosité.
La générosité est une épidémie,
une chose contre laquelle il faut lutter.
Il faut absolument éviter le cancer

qui consisterait à offrir sans rien demander en retour.
L'inquiétude les ronge
dès lors qu'ils n'ont pas sous la main quelqu'un à mortifier.
S'ils se retrouvent sans victimes autour d'eux,
ils vont les chercher
comme des hyènes infectées d'arrogance,
ils prolongent le seuil de l'épuisement
jusqu'à d'athlétiques limites
pourvu qu'ils trouvent leur souris.
Et si, au bout du compte, ils ne trouvent personne à mortifier,
alors le mal fait fermenter leurs entrailles
et ils tombent malades,
complètement malades,
corrompus par un bubon de méchanceté non expulsée,
irrités par la frustration,
comme si, incapables de se débarrasser de leurs insultes,
leur vessie se fermait,
laissant leurs urines se répandre en eux
et les empoisonner.
Dans le fond ils veulent mortifier
parce qu'ils ont été eux-mêmes mortifiés.
Ce sont des êtres mortifiés qui à leur tour mortifient.
Ils ne supportent pas d'avoir à côté d'eux quelqu'un
qui ne se sente pas meurtri et frustré
comme eux.
Pas besoin de torturer ni de tuer
pour être mauvais.
Nous sommes bien plus paresseux,
beaucoup plus.
Nous portons tous en nous un criminel apathique,
oisif, inutile, négligent,
nous sommes des criminels apathiques
qui concentrons toute notre attention
dans la force offensive de notre esprit,
en d'autres mots, dans le crachat de l'injure.
Non, j'étais incapable de continuer à être médecin.
Je préfère passer dix heures d'affilée dans cette usine
plutôt que d'avoir à soigner la moindre égratignure.

J'ai mal au cœur rien que d'y penser.
Le bruit des machines
m'isole des hommes,
de la férocité des hommes.
Et puis on ne peut pas parler.
Il vaut mieux ne pas parler.
Invalider la langue.
Avec tout ce bruit, la langue disparaît,
ici la langue ne sert à rien.
Le dimanche on se prépare au combat,
c'est comme ça,
dans chaque maison,
dans chaque chambre mal ventilée,
sur chaque matelas taché de sueur, de règles et de sperme,
le dimanche on se prépare au combat,
le dimanche est ce jour
où chacun prépare son combat particulier.
Nous sommes délibérément alcooliques.
Juste pour mettre un peu d'ordre dans notre malheur.
L'alcool met de l'ordre dans notre malheur.
On vit entre la misère et la prison.
On boit, on oublie.
Et le lundi, on se sent coupable d'avoir oublié.
Retour à la case boulot.
Il n'y a plus de vie pour le feu,
pour les pistolets,
pour les machettes.
La vie qu'il nous reste, c'est pour l'esclavage,
pour l'usine,
pour le bruit,
pour l'insulte.
Jusqu'au jour où on sera tellement vieux
qu'on se chiera dessus,
on marinera dans notre pisse,
on aura mauvaise haleine,
on puera vraiment,
comme des cadavres.
C'est ça, la vraie décomposition

de la société civile.
La dégradation de nos corps.
Un bourdonnement ininterrompu,
c'est la seule chose que je veux entendre
pour le restant de mes jours,
un bourdonnement.
Oui, le dimanche, c'est le jour où chacun prépare son combat.

13. Exsultemus

Exultons et réjouissons-nous aujourd'hui :
Il est ressuscité, le Roi de la gloire éternelle,
Il est notre résurrection.
Le temps est venu de crier notre joie.
Le Christ, notre Pâque, a été immolé,
Lui, l'agneau qui expia nos misères.
Rendons-Lui grâce.

Chez Borislav.

Borislav et Baltasar.

BALTASAR.– Borislav.

BORISLAV.– Oui.

BALTASAR.– C'est ton frère qui m'envoie.

BORISLAV.– Zeljko ?

BALTASAR.– Oui.

Silence.

BORISLAV.– Comment vous l'avez connu ?

Silence.

BALTASAR.– Je vois que vous utilisez encore des mouchoirs en coton. Vous les pliez bien soigneusement.

BORISLAV.– Je n'arrive pas à m'habituer aux mouchoirs en papier. Ceux que vous déchirez en petits morceaux. Vous en avez mis partout dans l'entrée.

Silence.

BALTASAR.– Borislav.

BORISLAV.– Oui.

BALTASAR.– Borislav.

BORISLAV.– Je vous écoute.

BALTASAR.– Je veux t'inviter à manger, Borislav.

Fin de Belgrade.

ANGÉLICA LIDDELL

Née à Figueres (province de Gérone, Espagne) en 1966, elle a suivi des études de psychologie et d'art dramatique. Elle commence à écrire pour le théâtre en 1988. En 1993, elle fonde la compagnie Atra Bilis Teatro pour laquelle elle écrit, met en scène et joue.

Outre *Belgrado*, elle a écrit *Greta quiere suicidarse, Leda, Suicidio de amor por un difunto desconocido, La falsa suicida, Once upon a time in West Asphixia, Y los peces salieron a combatir contra los hombres* (publié en français aux éditions Théâtrales en 2008), *Y como no se pudrió... Blancanieves...* En 2007, elle a créé *Perro muerto en tintorería : los fuertes* pour le Centro dramático nacional, en Espagne, qui a reçu le prix du public du meilleur spectacle.

Elle a obtenu le prix des nouvelles dramaturgies Casa de América 2003, le prix de théâtre de la SGAE (société des auteurs espagnole) en 2004, le prix de la radio nationale espagnole Ojo Crítico-Segundo Milenio pour l'ensemble de son œuvre en 2005 et le prix Valle-Inclan pour *El año de Ricardo* en 2008. Ses pièces ont été jouées en Espagne, au Brésil, en Colombie, en Bolivie, au Portugal, en Allemagne, au Chili et en République tchèque. Elles ont été traduites en portugais, en allemand, en anglais, en russe, en roumain et en français. Elle a été invitée au Festival d'Avignon 2010.

Elle est l'un des auteurs dramatiques espagnols les plus importants de sa génération. Son théâtre, qui échappe à toute dramaturgie conventionnelle, montre les aspects les plus noirs de la réalité contemporaine tout en se référant aux mythes antiques et modernes. Outre le théâtre, son œuvre comprend de la poésie, des textes narratifs, des actions et des collages.

CHRISTILLA VASSEROT

Née en 1970 à Alicante (Espagne), elle est traductrice et maître de conférences à l'université Paris-III - Sorbonne nouvelle. Membre de la Maison Antoine-Vitez (Centre international de la traduction théâtrale), elle a traduit plusieurs auteurs espagnols et latino-américains, parmi lesquels Homero Aridjis, Joel Cano, José Manuel Prieto et Martín Solares (romans) ; Sergi Belbel, Sabina Berman, Rodrigo García, Carlos Marquerie, Virgilio Piñera, Juan Radrigán et Pedro Sedlinsky (théâtre).

En 2007, elle a traduit la correspondance de Frida Kahlo (*Frida Kahlo par Frida Kahlo,* Christian Bourgois Éditeur).

éditions **THEATRALES**

Textes contemporains

ABELE (Inga), *Les Cerfs noirs* (trad. Gita Grinberga, Henri Menantaud)
ALLIO (Paul), *Euphoric Poubelle/La Haute Colline*
AURIOL (Marine), *Zig et More/L'Angare (Chroniques du Grand Mouvement, 1 et 2)*
AURIOL (Marine), *Urbi (Chroniques du Grand Mouvement, chapitre 3)*
AURIOL (Marine), *Les Passagers/Fragments neufs (Chroniques du Grand Mouvement, chapitres 4 et 5)*
AZAMA (Michel), *Aztèques*
AZAMA (Michel), *Croisades*
AZAMA (Michel), *Iphigénie ou le Péché des dieux*
AZAMA (Michel), *Le Sas/Bled/Vie et Mort de Pier Paolo Pasolini*
AZAMA (Michel), *Les Deux Terres d'Akhenaton ou l'Invention de Dieu*
AZAMA (Michel), *Zoo de nuit*
AZAMA (Michel), *Saintes familles (Amours fous/Saint amour/Anges du chaos)*
AZAMA (Michel)/KWAHULÉ (Koffi)/MINYANA (Philippe), *Le Sas/Jaz/André (monologues pour femmes)*
AZZOPARDI (Clare), *L'Interdit sous le lit* (trad. Cécilia Mattalia, Olivier Favier)
BACCAR (Jalila), *Araberlin*
BACCAR (Jalila), *Junun*
* BARKER (Howard), *Tableau d'une exécution/Les Possibilités* (trad. Jean-Michel Déprats, Sarah Hirschmuller, Sinéad Rushe)
* BARKER (Howard), *Blessures au visage/La Douzième Bataille d'Isonzo* (trad. Sarah Hirschmuller, Sinéad Rushe, Mike Sens)
* BARKER (Howard), *La Griffe/L'Amour d'un brave type* (trad. Jean-Michel Déprats, Nicolas Rippon, Sarah Hirschmuller, Sinéad Rushe)
* BARKER (Howard), *Gertrude (Le Cri)/Le Cas Blanche-Neige* (trad. Élisabeth Angel-Perez, Jean-Michel Déprats, Cécile Menon)
* BARKER (Howard), *Treize objets/Animaux en paradis* (trad. Jean-Michel Déprats, Marie-Lorna Vaconsin)
* BARKER (Howard), *Judith/Vania* (trad. Jean-Michel Déprats, Sarah Hirschmuller, Sinéad Rushe)
* BARKER (Howard), *La Cène/Faux pas* (trad. Mike Sens, Élisabeth Angel-Perez, Sarah Hirschmuller, Sinéad Rushe)
BARRY (Sebastian), *Le Régisseur de la chrétienté* (trad. Jean-Pierre Richard)
* BATLLE (Carles), *Tentation* (trad. Isabelle Bres)
* BATLLE (Carles), *Transit* (trad. Isabelle Bres)
BÉCHET (Claire), *Suites en ré mineur/Trois soliloques*
BÉKÉS (Pál), *Sous les yeux des femmes garde-côtes* (trad. Andréa Markus, Noëlle Renaude)
* BELBEL (Sergi), *Caresses/Lit nuptial* (trad. Jean-Jacques Préau, Rosine Gars)
BELBEL (Sergi), *Après la pluie* (trad. Jean-Jacques Préau)

Les titres repérés par le signe * ont été édités en collaboration avec la Maison Antoine-Vitez.

BELBEL (Sergi), *Le Temps de Planck/Le Sang* (trad. Christilla Vasserot, Carole Franck)
BELBEL (Sergi), *Sans fil* (trad. Christilla Vasserot)
BENET I JORNET (Josep Maria), *Désir/Fugaces* (trad. Rosine Gars, Michel Azama)
BESNEHARD (Daniel), *Passagères/Épreuves*
BESNEHARD (Daniel), *Malá strana/Neige et Sables/Arromanches*
BESNEHARD (Daniel), *Internat/L'Ourse blanche*
BESNEHARD (Daniel), *L'Enfant d'Obock/Le Petit Maroc*
BESNEHARD (Daniel), *Hudson River, un désir d'exil/Charlotte F…*
BLONDEL (Christine), *William Pig ou le Cochon qui avait lu Shakespeare*
BONAL (Denise), *Honorée par un petit monument*
BONAL (Denise), *Portrait de famille*
BONAL (Denise), *Passions et Prairie/Légère en août*
BONAL (Denise), *Turbulences et petits détails/J'ai joué à la marelle, figure-toi...*
BONAL (Denise), *Les Pas perdus*
BONAL (Denise), *De dimanche en dimanche*
BONAL (Denise), *Les tortues viennent toutes seules*
BORISSOVA (Yana), *Petite pièce pour chambre d'enfant* (trad. Evgueniy Djurov, Frédéric Vossier)
BOUCHARD (Michel Marc), *Les Muses orphelines* (adapt. Noëlle Renaude)
BOUCHARD (Michel Marc), *Le Chemin des passes dangereuses*
BOUCHARD (Michel Marc), *Sous le regard des mouches/Le Voyage du couronnement*
BOUCHARD (Michel Marc), *Les Manuscrits du déluge*
BOUCHARD (Michel Marc), *Des yeux de verre*
BOURGEAT (François), *Djurdjura*
BRUSATI (Franco), *La Femme sur le lit* (trad. Huguette Hatem)
CAGNARD (Jean), *Le Menhir*
* CALDWELL (Lucy), *Feuilles* (trad. Séverine Magois)
CANNET (Jean-Pierre), *Des manteaux avec personne dedans*
CANNET (Jean-Pierre), *La Grande Faim dans les arbres*
CANNET (Jean-Pierre), *Little Boy (la passion)*
CANNET (Jean-Pierre), *Chelsea Hotel*
CARLETON (Dominique), *Une voix pour toutes*
CARR (Marina), *La Mai* (trad. Camille Fourrat)
* CARVALHO (Mário de), *Vive l'harmonie !* (trad. Marie-Hélène Piwnik)
CASTAN (Bruno), *La Conquête du pôle Sud par la face nord*
CELESTINI (Ascanio), *Fabbrica* (trad. Kathleen Dulac)
CERNIAUSKAITÉ (Laura Sintija), *Lucie patine* (trad. Akvile Melkunaite, Laurent Muhleisen)
CÉSAIRE (Michèle), *La Nef*
CHARTREUX (Bernard), *Rester partir (Une passion sous les tropiques)*
CHARTREUX (Bernard), *Dernières nouvelles de la peste*
CHARTREUX (Bernard), *Un homme pressé*
CHARTREUX (Bernard), *Cité des oiseaux (d'après Aristophane)*
CHARTREUX (Bernard), *Violences à Vichy II*
CHARTREUX (Bernard), *Hélène & Fred*
CHOUAKI (Aziz), *El Maestro/Les Oranges*

CHOUAKI (Aziz), *Une virée*
* COLLECTIF, *Cinq pièces d'Amérique latine* – Joel Cano : *À vendre* (trad. Jean-Jacques Préau), Carlos Liscano : *Ma famille* (trad. Françoise Thanas), Marco Antonio de la Parra : *Lucrecia et Judith* (trad. Denise Laroutis), Eduardo Pavlovsky : *Toiles d'araignées* (trad. Françoise Thanas), Daniel Veronese : *Musique brisée* (trad. Françoise Thanas)
COLLECTIF, *Embouteillage (32 pièces automobiles)*
COLLECTIF, *Petites pièces d'auteurs*
COLLECTIF, *Petites pièces d'auteurs 2*
COLLECTIF, *Québec/France : auteurs associés*
COLLECTIF, *Théâtre hongrois contemporain*
COLLECTIF, *25 petites pièces d'auteurs*
COLLECTIF, *Les 120 Voyages du Fou*
COLLECTIF, *Monologues pour hommes*
COPI, *L'Ombre de Venceslao* (trad. Jorge Lavelli, Dominique Poulange)
CORMANN (Enzo), *Berlin, ton danseur est la mort*
CORTÁZAR (Julio), *Rien pour Pehuajó/Adieu Robinson* (trad. Françoise Thanas)
CYR (Marc-Antoine), *Le désert avance*
DALPÉ (Jean-Marc), *Le Chien*
DE FILIPPO (Eduardo), *Samedi dimanche et lundi* (trad. Huguette Hatem)
DE FILIPPO (Eduardo), *Le Haut-de-forme/Douleur sous clé* (trad. Huguette Hatem)
DELARUE (Claude), *Le Silence des neiges*
DEMARCY (Richard), *L'Étranger dans la maison*
DENES (Max), *Jakob le menteur*
DOUTRELIGNE (Louise), *Quand Speedoux s'endort/Qui est Lucie Syn' ?*
DOUTRELIGNE (Louise), *La Bancale se balance*
DU CHAXEL (Françoise), *Des traces d'absence sur le chemin*
DURRINGER (Xavier), *Bal-trap/Une envie de tuer sur le bout de la langue*
DURRINGER (Xavier), *Chroniques des jours entiers, des nuits entières*
DURRINGER (Xavier), *Une petite entaille*
DURRINGER (Xavier), *Surfeurs*
DURRINGER (Xavier), *La Quille/22.34*
DURRINGER (Xavier), *La Nuit à l'envers/Ex-voto*
DURRINGER (Xavier), *La Promise*
DURRINGER (Xavier), *Chroniques 2, quoi dire de plus du coq ?*
DURRINGER (Xavier), *Histoires d'hommes*
DURRINGER (Xavier), *Les Déplacés*
* EISLER (Hanns), *Johann Faustus* (trad. Irène Bonnaud, Jörg Stickan)
FADEL (Youssef), *Je traverse une forêt noire*
FARGEAU (Jean-Pol), *Hôtel de l'homme sauvage*
FARGEAU (Jean-Pol), *Voyager*
FARGEAU (Jean-Pol), *Ici-bas*
FICHET (Roland), *De la paille pour mémoire/Le Lit*
FICHET (Roland), *Plage de la Libération*
FICHET (Roland), *Terres promises*
FICHET (Roland), *La Chute de l'ange rebelle*
FICHET (Roland), *Suzanne*

FICHET (Roland), *Petites comédies rurales*
FICHET (Roland), *Quoi l'amour*
FICHET (Roland), *Animal*
FICHET (Roland), *Micropièces*
FICHET (Roland), *Comment toucher*
FISCHEROVA (Daniela), *Fabula* (trad. Ginette Volf Philippot)
FRIEDERICH (Alexandre), *Journée mondiale de la fin (L'homme qui attendait l'homme qui a inventé l'homme/Didadactures/Programme de gestion colère et enlisement)*
FRIEL (Brian), *Danser à Lughnasa* (trad. Jean-Marie Besset)
FUGARD (Athol), *Hello and Goodbye* (trad. Pierre Laville)
FÜST (Milan), *Les Malheureux* (trad. Sophie Képès)
GAUTRÉ (Alain), *La Chapelle-en-Brie*
GEORGÌOU (Andònis), *Mon lave-linge bien-aimé* (trad. Michel Volkovitch)
GERRITSEN (Esther), *Le Jour, et la nuit, et le jour, après la mort* (trad. Monique Nagielkopf)
GHAZALI (Ahmed), *Le Mouton et la Baleine*
* GLOWACKI Janusz, *Antigone à New York* (trad. Olivier Cohen et Urszula Mikos)
* GREIG David, *Le Dernier Message du cosmonaute à la femme qu'il aima un jour dans l'ex-Union soviétique* (trad. Blandine Pélissier)
* GREENBERG Tamir, *Hébron* (trad. Laurence Sendrowicz)
GROUPOV, *Rwanda 94*
HACKS (Peter), *Conversation chez les Stein sur monsieur de Goethe absent* (trad. Jean-Louis Besson et Jean Jourdheuil)
HELMINGER (Guy), *Venezuela* (trad. Anne Monfort)
HILLING (Anja), *Bulbus* (trad. Henri Christophe)
* HILLING Anja, *Anges* (trad. Jörn Cambreleng)
HOROVITZ (Israël), *Le Baiser de la veuve/Le Premier*
HOROVITZ (Israël), *L'Indien cherche le Bronx/Le Rescapé*
HOROVITZ (Israël), *Dix Pièces courtes*
HOROVITZ (Israël), *Stand de tir*
HOROVITZ (Israël), *Quand Marie est partie/L'Amour dans une usine de poissons*
HOROVITZ (Israël), *John a disparu et autres pièces courtes*
HOROVITZ (Israël), *Péchés maternels et autres pièces courtes*
ISRAËL-LE PELLETIER (Marc), *Sarah et Lorraine*
ISRAËL-LE PELLETIER (Marc), *Le Globe*
KEENE (Daniel), *Silence complice/Terminus* (trad. Séverine Magois)
KEENE (Daniel), *Pièces courtes 1* (trad. Séverine Magois)
KEENE (Daniel), *La Marche de l'architecte/Les Paroles* (trad. Séverine Magois)
KEENE (Daniel), *Cinq Hommes/Moitié-moitié* (trad. Séverine Magois)
KEENE (Daniel), *Avis aux intéressés* (trad. Séverine Magois)
KEENE (Daniel), *Pièces courtes 2* (trad. Séverine Magois)
KEENE (Daniel), *Les Dents du serpent (Citoyens & Soldats)* (trad. Séverine Magois)
KELLY (Dennis), *Débris* (trad. Philippe Le Moine, Pauline Sales)
KHEMIRI (Jonas Hassen), *Invasion !* (trad. Suzanne Burstein, Aziz Chouaki)
KLAUS (Händl), *Le Charme obscur d'un continent* (trad. Henri Christophe)
KÖBELI (Markus), *Peepshow dans les Alpes* (trad. Jean Launay)

KONATÉ (Moussa), *Khasso*
KWAHULÉ (Koffi), *La Dame du café d'en face/Jaz*
KWAHULÉ (Koffi), *Big shoot/P'tite souillure*
KWAHULÉ (Koffi), *Le Masque boiteux (Histoires de soldats)*
KWAHULÉ (Koffi), *Misterioso-119, Blue-S-cat*
KWAHULÉ (Koffi), *Brasserie*
KWAHULÉ (Koffi), *Les Recluses*
LA CHENELIÈRE (Evelyne de), *Au bout du fil/Bashir Lazhar*
LAÏK (Madeleine), *La Passerelle/Les Voyageurs/Didi Bonhomme*
LANDRAIN (Francine), *Lulu/Love/Life*
LAPLACE (Yves), *Sarcasme ou Un homme exemplaire*
LAPLACE (Yves), *Staël ou la Communauté des esprits*
LAPLACE (Yves), *Feu Voltaire/Maison commune*
LAPLACE (Yves), *Candide, théâtre*
LAVRÍK (Silvester), *Catherine* (trad. Anouk Jeannon)
LEBEAU (Yves), *Le Chant de la baleine abandonnée*
LEBEAU (Yves), *Les Noces*
LEBEAU (Yves), *Dessin d'une aube à l'encre noire*
LEBEAU (Yves), *À la folie*
LEMAHIEU (Daniel), *Entre chien et loup/Viols*
LEVEY (Sylvain), *Enfants de la middle class (Ô ciel, la procréation est plus aisée que l'éducation/Juliette [suite et fin trop précoce]/Journal de la middle class occidentale)*
LEVEY (Sylvain), *Pour rire pour passer le temps/Petites pauses poétiques*
* LEVIN (Hanokh), *Théâtre choisi I - Comédies (Yaacobi et Leidental/Kroum l'Ectoplasme/Une laborieuse entreprise)* (trad. Laurence Sendrowicz)
* LEVIN (Hanokh), *Théâtre choisi II - Pièces mythologiques (Les Souffrances de Job/L'enfant rêve/Ceux qui marchent dans l'obscurité)* (trad. Laurence Sendrowicz, Jacqueline Carnaud)
* LEVIN (Hanokh), *Théâtre choisi III - Pièces politiques (Shitz/Les Femmes de Troie/Meurtre/Satires)* (trad. Laurence Sendrowicz, Jacqueline Carnaud)
* LEVIN (Hanokh), *Théâtre choisi IV - Comédies grinçantes (Le Soldat ventre-creux/Funérailles d'hiver/Sur les valises)* (trad. Laurence Sendrowicz, Jacqueline Carnaud)
* LEVIN (Hanokh), *Théâtre choisi V - Comédies crues (Tout le monde veut vivre/Yakich et Poupatchée/La Putain de l'Ohio)* (trad. Laurence Sendrowicz, Jacqueline Carnaud)
LEVIN (Hanokh), *Que d'espoir !* (trad. Laurence Sendrowicz)
LEVIN (Hanokh), *Douce vengeance et autres sketches* (trad. Laurence Sendrowicz)
LEVIN (Hanokh), *Les Insatiables* (trad. Laurence Sendrowicz)
LIDDELL (Angélica), *Et les poissons partirent combattre les hommes* (trad. Christilla Vasserot)
* LIDDELL (Angélica), *Belgrade (Chante, ma langue, le mystère du corps glorieux)* (trad. Christilla Vasserot)
LOLLIKE (Christian), *Chef-d'œuvre* (trad. Catherine Lise Dubost)

McGUINNESS (Frank), *Quelqu'un pour veiller sur moi* (trad. Isabelle Famchon)
MAGNAN (Jean), *Algérie 54-62/Et pourtant ce silence ne pouvait être vide…*
MAGNIN (Jean-Daniel), *Le Monde plat*
MANCEC (Ronan), *Je viens je suis venu*
MARTIAL (Alain-Kamal), *Les Veuves*
MAVRITSAKIS (Yannis), *Le Point aveugle* (trad. Dimitra Kondylaki)
MINYANA (Philippe), *Fin d'été à Baccarat*
MINYANA (Philippe), *Ruines romaines/Quatuor*
MINYANA (Philippe), *Chambres/Inventaires/André*
MINYANA (Philippe), *Les Guerriers/Volcan/Où vas-tu, Jérémie ?*
MINYANA (Philippe), *Les Guerriers/Volcan/Chambres*
MINYANA (Philippe), *Où vas-tu, Jérémie ?*
MINYANA (Philippe), *Drames brefs (1)*
MINYANA (Philippe), *Drames brefs (2)*
MINYANA (Philippe), *La Maison des morts*
MINYANA (Philippe), *Anne-Laure et les Fantômes*
MINYANA (Philippe), *Habitations/Pièces*
MINYANA (Philippe), *Suite 1/Suite 2/Suite 3*
MINYANA (Philippe), *Le Couloir*
MINYANA (Philippe), *La Maison des morts (Version scénique)*
MINYANA (Philippe), *Histoire de Roberta/Ça va*
MORATON (Gilles), *Ma main droite*
MOTTON (Gregory), *Ambulance/Reviens à toi (encore)* (trad. Nicole Brette)
MOTTON (Gregory), *Chicken/Brien le fainéant* (trad. Nicole Brette)
MOTTON (Gregory), *Chat et Souris (moutons)/Loué soit le progrès* (trad. Nicole Brette, Harold Manning, Nathalie Godard)
MOTTON (Gregory), *L'Île de Dieu/Un monologue* (trad. Nicole Brette)
MOTTON (Gregory), *Gengis parmi les Pygmées* (trad. Nicole Brette)
MUELLER (Harald), *Le Radeau des morts* (trad. Philippe Ivernel)
MÜLLER (Heiner), *La Comédie des femmes* (trad. Jean-Louis Besson, Jean Jourdheuil)
MÜLLER (Heiner), *L'Opéra du dragon* (trad. Renate et Maurice Taszman)
MÜLLER (Heiner), *L'homme qui casse les salaires/La Construction/Tracteur* (trad. Jean-Louis Besson, Jean Jourdheuil, Irène Bonnaud, Jean-Pierre Morel)
MURPHY (Thomas), *Bailegangaire* (trad. Isabelle Famchon)
NADAS (Peter), *Rencontre* (trad. Ibolya Virag, Jean-Pierre Thibaudat)
NADAS (Peter), *Ménage* (trad. Ibolya Virag, Jean-Pierre Thibaudat)
* NAJIB (Taher), *À portée de crachat* (trad. Jacqueline Carnaud)
NEVES (Abel), *Au-delà les étoiles sont notre maison* (trad. Alexandra Moreira da Silva, Jorge Tomé)
NICOÏDSKI (Clarisse), *Ann Boleyn*
NORDMANN (Jean-Gabriel), *La mer est trop loin*
O'ROWE (Mark), *Terminus Dublin* (trad. Isabelle Famchon, Joseph Long)
PARKER (Stewart), *Pentecôte* (trad. Jérôme Hankins)
PAVLOVSKY (Eduardo), *Potestad/La Mort de Marguerite Duras* (trad. Françoise Thanas)
PELTOLA (Sirkku), *Le Cheval finlandais* (trad. Alexandre André)

PENHALL (Joe), *Voix secrètes* (trad. Dominique Hollier, Blandine Pélissier)
PICAULT (Adeline), *Étroits petits tours (Et Elsa boit/Un homme à la ligne/Émoi au bord du monde)*
PILLET (Françoise), *Métro Bastille/Anciennement chez Louise*
PRIN (Claude), *Erzebeth*
PRIN (Claude), *Césars*
* RADITCHKOV (Yordan), *Janvier/Lazaritsa* (trad. Roumiana Stantcheva, Tsena Mileva, Roumiana Demange, Marie Vrinat-Nikolov)
RENAUDE (Noëlle), *Divertissements touristiques/L'Entre-deux/Rose, la nuit australienne/8*
RENAUDE (Noëlle), *Le Renard du nord*
RENAUDE (Noëlle), *Der Fuchs des Nordens/Le Renard du nord*
RENAUDE (Noëlle), *Courtes pièces*
RENAUDE (Noëlle), *Ma Solange, comment t'écrire mon désastre, Alex Roux (texte intégral)*
RENAUDE (Noëlle), *Fiction d'hiver/Madame Ka*
RENAUDE (Noëlle), *À tous ceux qui/La Comédie de Saint-Étienne/Le Renard du nord*
RENAUDE (Noëlle), *Promenades*
RENAUDE (Noëlle), *Des tulipes/Ceux qui partent à l'aventure*
RENAUDE (Noëlle), *Une belle journée/Topographies*
RENAULT (Jean-Pierre), *Agathe*
RENAULT (Jean-Pierre), *Désert, désert*
RENAULT (Jean-Pierre), *Les Solitaires*
REYNAUD (Yves), *Monologues de Paul (Apnée ou le Dernier des militants/Regarde les femmes passer)*
REYNAUD (Yves), *Événements regrettables*
REYNAUD (Yves), *Les Guerres froides*
REYNAUD (Yves), *La Tentation d'Antoine*
REYNAUD (Yves), *Marie, Marie (Les modernes sont fatigués)/La Dent noire*
REYNAUD (Yves), *Une vie de chien/Baptême*
RIVERA (José), *Marisol/La Tectonique des nuages* (trad. Isabelle Famchon)
ROZEWICZ (Tadeusz), *Le Piège* (trad. Alain Van Crugten)
RULLIER (Christian), *Le Fils/Attentat meurtrier à Paris*
RULLIER (Christian), *Annabelle et Zina/Il marche*
RULLIER (Christian), *Football (et autres réflexions)/C'est à dire*
RULLIER (Christian), *Annabelle et Zina/Le Fils*
RULLIER (Christian), *Les Monologues : Il marche/C'est à dire/Il joue*
* SAALBACH (Astrid), *Le Bout du monde* (trad. Catherine Lise Dubost)
SANTANELLI (Manlio), *Issue de secours/L'Aberration des étoiles fixes* (trad. Pierre Casadei, Paola Ciccolella, Huguette Hatem)
SARRAZAC (Jean-Pierre), *Le Mariage des morts/L'Enfant-Roi*
SARRAZAC (Jean-Pierre), *Les Inséparables/La Passion du jardinier*
SARRAZAC (Jean-Pierre), *Harriet*
SCHLEGEL (Jean-Pierre), *Le Vent et le Mendiant/J'exige le silence dans la bulle/Ces hommes du Grand Nord*
SCHWAJDA (György), *L'Hymne* (trad. Anna Lakos, Jean-Loup Rivière)

SCHWAJDA (György), *Le Miracle* (trad. Anna Lakos, Jean-Loup Rivière)
SCHWAJDA (György), *Notre père* (trad. Kristina Rady, Alexis Moati, Stratis Vouyoucas)
SONY LABOU TANSI, *Paroles inédites*
SONY LABOU TANSI, *Cercueil de luxe/La Peau cassée*
SPIRO (György), *Tête de poulet* (trad. Mireille Davidovici, Eva Vingiano de Pina Martins)
STASIUK (Andrzej), *Les barbares sont arrivés* (trad. Zofia Bobowicz)
STEFAN (Peca), *The Sunshine Play* (trad. Fanny Chartres)
STOCK (James), *Nuit bleue au cœur de l'Ouest* (trad. Isabelle Famchon)
TABORI (George), *Le Courage de ma mère/Weisman et Copperface* (trad. Maurice Taszman)
TABORI (George), *Les Variations Goldberg* (trad. Jean Launay)
TABORI (George), *La Ballade de l'escalope viennoise/Jubilé* (trad. Renate et Maurice Taszman, Sophie Daull)
TAMISIER (Sabine), *Sad Lisa*
TASNÁDI (István), *Phèdre 2005* (trad. Kristina Rady)
TÉREY (János), *Hagen ou l'Hymne à la haine* (trad. Marc Martin)
TORDJMANN (Charles), *Le Chantier*
TROLLE (Lothar), *Berlin fin du monde/Fin du monde Berlin II/Les 81 minutes de Mademoiselle A.* (trad. Michel Bataillon, Jean-Louis Besson, Jörn Cambreleng, Jean Jourdheuil)
VADI (Urmas), *Le Vrai Elvis* (trad. Tanel Lepsoo, Blandine Pélissier)
VALENTIN (Karl), *Le Bastringue et autres sketches* (trad. Jean-Louis Besson et Jean Jourdheuil)
VALENTIN (Karl), *La Sortie au théâtre et autres textes* (trad. Jean-Louis Besson et Jean Jourdheuil)
VALENTIN (Karl), *Vols en piqué dans la salle* (trad. Jean-Louis Besson et Jean Jourdheuil)
VALENTIN (Karl), *Le Grand Feu d'artifice et autres sketches* (trad. Jean-Louis Besson et Jean Jourdheuil)
VALENTIN (Karl), *Les Chevaliers pillards devant Munich et autres textes* (trad. Jean-Louis Besson et Jean Jourdheuil)
VANLUCHENE (Filip), *Risquons-tout* (trad. Monique Nagielkopf)
VIEIRA MENDES (José Maria), *Ma femme* (trad. Olinda Gil)
* WALLACE (Naomi), *Au cœur de l'Amérique* (trad. Dominique Hollier)
* WALLACE (Naomi), *Une puce, épargnez-la* (trad. Dominique Hollier)
WILLEMAERS (Jean-Pierre), *C'est un dur métier que l'exil*
ZAHND (René), *L'Île morte/Les Hauts Territoires*
ZELENKA (Petr), *Petites histoires de la folie ordinaire* (trad. Liza Japelj Carone)

ACHEVÉ D'IMPRIMER EN AVRIL 2010 SUR PAPIER ISSU DE LA GESTION DURABLE DES FORÊTS (CERTIFIÉ FSC) SUR LES PRESSES DE LA NOUVELLE IMPRIMERIE LABALLERY À CLAMECY (58) LABELLISÉE IMPRIM'VERT®. MISE EN PAGES RÉALISÉE PAR LES ÉDITIONS THÉÂTRALES À MONTREUIL (93).

DÉPÔT LÉGAL : AVRIL 2010
NUMÉRO D'IMPRIMEUR : 003208
IMPRIMÉ EN FRANCE